Erntezeit

INGE SANDER

∼

Erntezeit

© 2019 INGE SANDER

Herstellung und Verlag: BoD - Books on Demand, Norderstedt

ISBN: 978-3-7504-1746-5

INHALT

Erinnerungen 9

Drei „Elfchen" 11

Mein Bullerbü heißt Techelsdorf 12

Luftangriff 32

Echte Freunde 34

Apfelernte 36

So ein Theater! 38

Mutterliebe 40

Spitzbuben 44

Abschied 46

Onkel Ede 49

Mein Wiegenlied 51

Mich rief es an Bord 52

Ein Beispiel von Fürsorge 55

Angst! 57

Ein Schelm wer Böses dabei denkt 60

Meine Auszeit 62

Mehr Glück als Verstand 63

Sterne am Himmelszelt 68

Heißwecken 69

Wohl bekomm's! 70

Ach so 72

Minka 73

Eine Mütze für Lili 74

Es war wie ein Spiel 77

Konrad 78

Nur nicht aufgeben! 80

Die Träume meines Vaters 81

St. Michaelis 91

Ein erhebender Abend 92

Verirrt 93

Das große Rennen 95

Die Abkürzung 97

Freundinnen 100

Der Geburtstag 102

Letzter Versuch 104

Die kleine Anna 107

Willi und Frieda 110

Das Krippenspiel 112

Holzschnitt 115

Am Meer 117

Am Strand 118

Ein Fink auf Abwegen 119

Nis Puk 124

Zufälle gibt's 126

Die Wunderblüte 128

Inas Albtraum 132

ERINNERUNGEN

~

Als ich hörte, dass unser nächstes Thema in der Schreibwerkstatt ‚Die Sammlerin' oder ‚Sammeln' sein wird, kam mir sofort die bezaubernde Geschichte „Frederick" von Leo Leonie in den Sinn:

Frederick war eine Feldmaus, die mit vielen anderen Mäusen unter einer alten Steinmauer lebte. Während alle anderen Mäuse fleißig Vorrat für den Winter herbeischafften, saß Frederick nur so da und tat augenscheinlich nichts. Natürlich wunderten sich die anderen Mäuse darüber und fragten ihn, weshalb er nicht für den Winter vorsorgen wollte. Frederick erwiderte: „Ich sammle auch, ihr lieben Mäuse, ihr werdet sehen."

Dann wurde es Winter und es wurde kalt. Die Mäuse krochen etwas tiefer in die Steinmauer hinein, sie schwatzten fröhlich durcheinander und hatten genügend Futter.

Doch der Winter war lang, sehr lang und das Futter war bald aufgebraucht. Die Mäuse wurden stiller und stiller. Sie froren und hatten Hunger. Keine der Mäuse mochte mehr reden.

Da stellte Frederick sich auf einen großen Stein und rief alle Mäuse zu sich herbei. „Schließt eure Augen", forderte er sie auf.
Nun erzählte Frederick von warmen Sonnenstrahlen, satten Kornfeldern und bunten Blumenwiesen. Und die Mäuse sahen

alles vor sich. Sie erinnerten sich an schöne Sommertage und ihnen wurde ganz warm ums Herz. Jetzt konnten sie wieder lachen und fröhlich Erinnerungen austauschen.

Die Mäuse erinnerten sich und es tat ihnen gut. Auch ich will mich erinnern. Aus dem ganzen Sammelsurium der Erinnerungen meiner Kindheit, meiner Jugend, meinem ganzen bisherigen Leben filtere ich die schönen Erlebnisse heraus und sammle sie. Ich sammle sie und schreibe sie nieder, denn ein chinesisches Sprichwort sagt uns: „Selbst die blasseste Tinte ist besser als das stärkste Gedächtnis."

DREI „ELFCHEN"

Kindheit
oft Fliegeralarm,
Gasmaske auf, Nebeltonnen
rennen, fremde Hände ergreifen
mutterseelenallein

Krieg
in Syrien
Menschen müssen sterben.
Hört das denn nie auf?
Niemals?

Menschen,
auch du
und alle anderen
möchten im Frieden leben.
Wunschdenken?

Erklärung:
Ein „Elfchen" ist eine kurze Abhandlung über ein bestimmtes
Thema, bei der elf Wörter in einer vorgeschriebenen
Reihenfolge angewandt werden.

MEIN BULLERBÜ HEISST TECHELSDORF

Es ist friedlich hier

Wieder einmal saß ich mit Tante Käthe im Zug, um mit ihr nach Techelsdorf zu fahren. Wie schon so oft nahm sie mich einfach vom Hof, auf dem ich spielte, mit, nachdem sie sich von meiner Mutter verabschiedet hatte.

Ob meine Mutter wirklich nie etwas von diesen „Entführungen" gewusst hat, wie beide Frauen, also meine Mutter und meine Tante immer behaupteten? Ich bin mir da nicht so sicher. Auf jeden Fall kurbelten wir wie immer gleich nach Abfahrt das Fenster hinunter, um zu winken, wenn der Zug an unserem Haus vorbeifuhr. Und richtig, unser Küchenfenster war weit geöffnet und meine Mutter hing mit halbem Oberkörper heraus und winkte auch eifrig.

Gleich darauf kurbelte Tante Käthe das Fenster schnell wieder hoch. Das war auch notwendig, denn durch den Qualm von der Lokomotive flogen uns kleine, schwarze Rußflocken ins Gesicht.

Tante Käthe war die ältere Schwester meiner Mutter und sie war meine absolute Lieblingstante. Mit ihren beiden Töchtern wohnte sie in Techelsdorf, einem kleinen Ort etwa 15 km von Kiel entfernt. Das heißt, so ganz stimmt das nicht, denn ihr Zuhause war weit außerhalb des Dorfes.

Einen Mann gab es dort nicht, denn Onkel Heinz war als Soldat in den Krieg eingezogen worden und später nicht wieder zurückgekehrt.

Bald schon hielt der Zug in Flintbek und wir stiegen aus. Nun mussten wir zu Fuß weiter. Ich erinnere, dass wir noch einen sehr weiten Weg vor uns hatten. Manchmal hatte man Glück und wurde mitgenommen, wenn gerade jemand mit Pferd und Wagen in dieselbe Richtung fuhr. Mit dem Milchkannenwagen zum Beispiel konnte man morgens und abends mitfahren.

Jetzt am späten Nachmittag war weit und breit kein Fahrzeug zu sehen. Also stiefelten wir beide erst durch das Dorf hindurch und dann den Feldweg entlang.

Es war ein warmer Spätsommertag. Von den Drähten der Telegrafenmasten vernahm ich das mir vertraute Summen. Im Knick leuchteten schon ein paar reife Brombeeren. Ich lief voraus, um von den Beeren zu naschen. Oh wie schön, dort am Wegesrand wuchsen lila und gelbe Blumen, die wollte ich unbedingt für Tante Käthe pflücken. Dabei habe ich ein paar Schmetterlinge und eine Hummel aufgeschreckt. Tante Käthe meinte, wir sollten uns lieber beeilen, denn Edith und Lisa warteten schon auf uns.

Ach ja, Edith und Lisa! Ich freute mich schon, meine beiden Cousinen wiederzusehen. Ganz sicher werden wir wieder toll miteinander spielen. Beide waren ein paar Jahre älter als ich und hatten immer viele Ideen.

Kurz nach der letzten Wegbiegung sah ich die Beiden auf einer Wiese im Gras sitzen. Als sie uns entdeckten, liefen sie sofort lachend auf uns zu, nahmen mich in ihre Mitte und zusammen marschierten wir auf das Haus zu.

Meine Erinnerungen an das Haus sind sehr vage. Es war grau und stand auf einer kleinen Anhöhe. Man nannte es „die Burg" weil der Sockel aus großen Feldsteinen bestand. An der rechten Seite wohnten Tante Käthe und die Mädels. Es mag die erste Etage oder auch Hochparterre gewesen sein, denn vor dem Eingang befand sich eine kleine Außentreppe.

An der linken Seite des Gebäudes, etwas tiefer gelegen, wohnte ein älteres Ehepaar. Wahrscheinlich waren das Tante Käthes Schwiegereltern, also Ediths und Lisas Großeltern. Man hatte mir nie erzählt, wer sie waren. Sie gehörten einfach mit dazu.

Müde geworden vom langen Fußmarsch und auch ziemlich hungrig, freute ich mich schon auf das Abendbrot. Hier gab es immer viele leckere Sachen zu essen, die wir zuhause nur selten oder auch gar nicht hatten.

Unten bei den Großeltern, so nenne ich die beiden Leute einfach, wurde einmal im Jahr geschlachtet und dann gab es so etwas Tolles wie Grützwurst. Hm, die gehörte zu meinem Lieblingsessen! Aber auch die Leberwurst im Glas und das Schmalz mochte ich sehr.

Nach dem Abendessen konnte ich mich kaum noch auf den Beinen halten. Tante Käthe hatte Edith und Lisa gebeten mich ins Bett zu bringen. Das war lustig, denn zuhause zog ich mich immer alleine aus und wusch mich auch selber, schließlich war ich kein Baby mehr. Hier aber machten die beiden das alles für mich, obwohl ich nächsten Winter schon fünf Jahre alt werden würde. Sie zogen mir die Kleider aus und holten draußen von der Pumpe in einem Krug Wasser, um es in die weiße Emailleschüssel zu gießen. Die Schüssel wurde in einen schmiedeeisernen Ständer eingehängt. Vom Herd wurde noch etwas heißes Wasser geholt und dazu gegossen. Nun wuschen sie mich von oben bis unten. Ich musste lachen, weil ich so kitzlig war. Da ich nicht einmal Nachtzeug mithatte, hatte Tante Käthe ein merkwürdiges Ding für mich bereitgelegt. Es war ein Einteiler, vorne zu knöpfen und hinten am Po war eine große Klappe, die auch Knöpfe hatte. Ich ließ alles über mich ergehen. Ja, es gefiel mir, so von oben bis unten betüddelt zu werden. Inzwischen war es dunkel geworden und die Petroleumlampen tauchten die ganze Wohnung in ein warmes Licht.

Zufrieden lag ich im Bett. Es war ein Gitterbett und passte so gerade eben noch für mich. Heute Nacht würde ich nicht vom Heulen der Sirenen aus dem Schlaf gerissen werden. Ich bräuchte

nicht einmal im Trainingsanzug fertig angezogen ins Bett zu gehen. Niemand würde unten in der Haustür stehen und rufen:
„Ist hier noch ein Kind?" Nein, hier nicht, hier gab es keinen
Fliegeralarm und ich würde nicht bei tiefster Dunkelheit losge-
schickt werden, um mich von einer fremden Hand zum Bunker
führen zu lassen. Hier stülpten sich die Menschen auch keine
Gasmasken über den Kopf, diese schrecklichen Gasmasken, mit
denen man wie böse Monster aussah! Ich musste auch immer
eine aufsetzen. Hier gab es so etwas nicht. Es gab hier auch keine
Nebeltonnen, die mit ihrem Nebel die ganze Gegend unsichtbar
machten. Nein, hier war alles anders! Es war so schön und friedlich! Hier wollte ich bleiben bis der Krieg zu Ende war.

Aber dass es wirklich einmal keinen Krieg mehr geben würde,
konnte ich mir nicht vorstellen. Der Krieg war immer da, mit
seinen Bomben, die alles zerstörten und die Menschen töteten.
Immer wieder hörte ich nach einem Angriff auf Kiel von Leuten
sagen wie viele Tote es wieder gegeben hatte und wer wieder ausgebombt worden war. Ausgebombt – welch ein entsetzliches Wort
dafür, dass es das Zuhause einer Familie nun nicht mehr gab. Das
alles war schrecklich für mich, aber irgendwie auch normal.

Selbst gemacht

Als ich am nächsten Morgen erwachte, schien die Sonne zu mir
ins Fenster und Edith und Lisa standen schon fix und fertig angezogen vor meinem Bett, bereit mich anzuziehen. Sie zogen mir

eines ihrer eigenen Kleider an, das mir natürlich viel zu groß war. Deshalb band Lisa mir auch noch einen Gürtel um. Mein eigenes Kleid wollten sie waschen, wie sie sagten, es war ihnen wohl zu schmutzig.

Tante Käthe hatte den Tisch schon gedeckt und wir frühstückten zusammen. Danach waren wir uns selbst überlassen. Überhaupt hatten wir hier viel Freiraum. Erstens konnte hier kaum etwas Gefährliches passieren, es gab ja nicht einmal Straßenverkehr hier, und zweitens hatte Tante Käthe viel mit dem Haus und ihrem großen Garten zu tun. Außerdem strickte sie per Hand Pullover, Jacken und vieles mehr für andere Leute. Erst viele Jahre später gönnte sie sich eine Strickmaschine und verdiente sich damit etwas Geld zu ihrer schmalen Rente dazu.

Vielleicht liebte ich sie deshalb so sehr, weil sie ganz anders war als meine Mutter. Sie war sehr unkonventionell. Wenn es zum Beispiel Butter auf Marken gab, durften wir unser Brot bei ihr ganz dick damit bestreichen. Wir sollten die Butter „mal wieder richtig schmecken" können, meinte sie. Später gab es eben wieder nur Marmelade oder ähnliches aufs Brot. Meine Mutter war da ganz anders, bei ihr wurden die Brote möglichst dünn bestrichen, damit wir noch lange etwas von der Butter hatten.

Und noch ein Beispiel fällt mir ein, das Tante Käthe für mich so besonders machte: Einmal als es draußen so richtig kalt war, passten keine weiteren Strümpfe in unsere ohnehin schon engen Schuhe. Da zog Tante Käthe uns die gestrickten Wollstrümpfe einfach über die Schuhe und schon hatten wir warm eingepackte Beine und brauchten nicht zu frieren. Ach ja, im tiefen Winter legte sie uns auch immer einen dick in Zeitungspapier eingewickelten heißen Backstein mit ins Bett, damit wir es mollig warm hatten. Überhaupt scherte sie sich nie darum, was andere Leute wohl sagen oder denken würden.

Aber jetzt hatten wir Sommer und es war ein besonders herrlich warmer Tag. Wir schnappten uns eine Wolldecke, Edith und Lisa nahmen ihre selbst gemachten Puppen und noch einen Korb mit Nähzeug mit, denn ich sollte mir auch eine Puppe nähen. Puh, wie sollte ich das denn bloß anstellen?

Auf einer Wiese breiteten wir die Decke aus. Auf dem Weg dorthin mussten wir allerdings bei einem eingezäunten Bullen vorbei, der immer von einem Ende zum anderen, immer hin und her und wieder zurück, lief. Dabei brüllte er ganz fürchterlich. Einerseits war er mir unheimlich und ich hatte große Angst vor ihm, andererseits hatte ich auch Mitleid, denn er hatte ein dickes Brett vor den Augen und auf dem schmalen Stück Koppel, auf dem er sich befand, konnte er nicht viel was anderes machen als hin- und herzulaufen und dabei zu brüllen. Bestimmt war er sehr unglücklich!

Nun saßen wir aber auf unserer Decke mitten auf einer wild bewachsenen Wiese. Ich sah mir erst einmal die beiden Puppen genauer an. Sie waren recht klein, ungefähr 12 oder vielleicht 15 cm groß und sahen ziemlich komisch aus, das muss ich schon sagen.

Aber natürlich wollte ich auch so eine haben. Für meine Puppe hatten wir einen Rest Stoff von einem weißen Kissenbezug bekommen. Edith schnitt einen Kreis aus, den wir von der Mitte aus mit Stofffetzen ausstopften und zusammenbündelten. Der Kopf war fertig. Der Bauch wurde eine Art kleines Kissen, wo wir an einer Seite das zusammengebundene Ende des Kopfes hineinsteckten und alles zusammenzogen. Für die Arme und Beine haben wir lange Rollen gemacht. Die Streifen wurden einfach längsseits zugenäht und dann am Körper befestigt. Schon war die Puppe fertig und ich hab tatsächlich auch ein bisschen mithelfen können. Jetzt fehlte nur noch das Gesicht, das wir mit einem Kopierstift aufmalten.

Jetzt hatten wir aber genug gesessen. Als es gegen Mittag immer wärmer wurde, zogen wir Schuhe und Strümpfe aus und liefen quer über die Wiese zur Eider. Vorsichtig steckten wir die Füße ins Wasser. Oh, wie war das doch herrlich erfrischend. Wir beschlossen Tante Käthe zu fragen, ob wir nach dem Mittagessen baden gehen dürften.

Es geht doch nichts über Reinlichkeit

Und wirklich, wir durften! Gleich nach dem Essen wollten wir los. Die Wolldecke, eine Flasche Saft und unsere Puppen nahmen wir mit. Die Schuhe hatten wir gleich zuhause gelassen. Natürlich mussten wir wieder bei dem Bullen vorbei. Er brüllte immer noch und rannte auch immer noch von einem Ende zum anderen. Und dann gab es vor uns nur noch Wiesen, Felder und Koppeln mit ein paar Kühen. Die Eider schlängelte sich mitten durch eine Wiese hindurch.

So schnell wir konnten zogen wir uns aus und stiegen ins Wasser. Das Ufer war ein wenig matschig und glatt, fast wäre ich abgerutscht beim Hineinklettern. Uii war das kalt! Sehr tief war die Eider hier nicht. Das Wasser reichte bei Edith und Lisa gerade bis an den Bauchnabel und bei mir etwas höher, weil ich ja kleiner war als die beiden. Vorsichtig begann ich zu waten. Der Boden war ganz weich, aber als kalt empfand ich das Wasser nun nicht mehr. Zuerst liefen wir immer hin und her. Es war gar nicht so einfach vorwärts zu kommen. Aber wir wurden immer übermütiger, es war so lustig uns gegenseitig zu bespritzen. Edith lief weg und Lisa und ich hinterher. Aber je weiter wir durch das Wasser liefen, desto tiefer wurde es. Da durften wir nicht hin, das hatte Tante Käthe uns ausdrücklich verboten. Also kehrten wir lieber schnell wieder um.

An der gegenüberliegenden Uferseite wuchs Schilf. Wir suchten uns besonders breite Blätter und machten uns kleine Boote daraus. Schnell holten wir unsere Puppen und setzten die dort hinein. Aber, oje, die Boote gingen unter und unsere Puppen ertranken. Natürlich retteten wir sie und wrangen sie kräftig aus. Das ging gut, doch leider waren die Gesichter jetzt ziemlich verschmiert. Aber eigentlich störte uns das nicht, wir konnten trotzdem prima mit ihnen spielen Sie waren unsere Kinder, sie wälzten sich an der Uferkante immer wieder im Matsch und wir mussten sie dann natürlich jedes Mal gründlich waschen und auswringen.

Als wir genug gebadet hatten, trockneten wir uns ab, dass heißt, ich wurde mal wieder abgetrocknet, und wir zogen uns an.

Was für ein Spass!

Hm, jetzt schmeckte der Saft lecker. Im Knick entdeckten wir Brombeeren, die wir uns teilten. Aber wir entdeckten noch etwas anderes. Überall auf der Wiese lagen Kuhfladen. Nun ging es darum wer sich wohl traute, einen Kuhfladen zu zertreten. Es war eine Art Mutprobe. Ich erinnere nicht mehr, wer von uns die Erste war. Wir hatten alle einen Heidenspaß, die Dinger zu zertreten. Die meisten Fladen lagen wohl schon ziemlich lange dort, die waren ganz flach und bestanden aus einer überwiegend trocknen Masse. Doch die ganz frischen hatten es in sich. Swatch – hinein in die grüne Soße! Zuerst hat so ein Hopser etwas Überwindung gekostet, aber in unserer Ausgelassenheit wurden wir immer mutiger. Eifrig suchten wir die ganze Wiese nach den grün-braunen Matschfladen ab. Igittigittigitt, unsere total verschmierten Füße haben wir später natürlich in der Eider wieder gründlich gewaschen.

Nass von oben und unten

Irgendwann bezog sich der Himmel und es begann zu tröpfeln. Wir wollten aber jetzt noch nicht nach Hause gehen. Edith und Lisa hatten eine prima Idee! Dafür zogen wir uns wieder splitternackt aus und rollten unsere Sachen fest in die Wolldecke ein. Das ganze Paket verstauten wir in der Hecke, dort wo sie ganz besonders dicht gewachsen war. Als es heftiger zu regnen begann, gingen wir wieder ins Wasser. Das war toll! Wir wurden überhaupt nicht nass, wir waren es ja schon! Der Regen prasselte nur so auf uns herab. Wir aber hielten uns an den Händen und hüpften durch das Wasser. Ganz plötzlich hörte der Regen auf. So schnell wie er gekommen war, so schnell war auch alles wieder vorbei.

Wir liefen zu unseren Sachen. Die Wolldecke war nur ein bisschen nass geworden und alles andere war fast ganz trocken. Weil uns fröstelte trockneten wir uns schnell ab und zogen unsere Sachen an. Das alles hat uns Riesenspaß gebracht, aber jetzt wollten wir doch lieber nach Hause, denn wir hatten mächtigen Hunger bekommen.

Vor dem Schlafengehen fragte Tante Käthe uns, ob wir morgen Brombeeren pflücken gehen wollten. Brombeeren pflücken, o ja das wollten wir. Wir wussten auch schon, wo viele zu finden waren.

EINE SCHMALE AUSBEUTE

Gleich nach dem Frühstück sollte es losgehen. Drei Behälter, nämlich eine kleine Milchkanne, einen Messbecher und eine Blechbüchse, an die Tante Käthe einen Henkel aus Draht befestigt hatte, standen schon bereit. Ich bekam die Dose und los ging es. Heute behielten wir unsere Schuhe und Strümpfe an, denn es war morgens noch ein wenig frisch draußen. Aber die Sonne stand schon wieder am wolkenlosen Himmel; es würde gewiss noch sehr warm werden.

Wir liefen beim Bullen vorbei, ein kleines Stück den Feldweg entlang und dann quer über eine Wiese. Bald schon waren wir am Ziel. Zuerst habe ich ein paar Beeren genascht, aber dann pflückten wir um die Wette, denn jede von uns wollte als Erste ihren Behälter voll bekommen. Aua, die kleinen Dornen an den Ästen pieksten ganz schön, deshalb konnte ich nicht immer alle Beeren erreichen, die ich fand. So gut es ging pflückten wir den Knick leer und gingen dabei immer ein Stückchen weiter. Meine Dose war halbvoll als Lisa rief, sie sei fertig. Edith hatte auch noch zu tun, aber in ihr Kännchen passten auch viel mehr Beeren als in Lisas Messbecher.

Mir war irgendwie die Lust am Pflücken vergangen. Die Brombeerzweige hatten meine Arme und Hände zerkratzt. Das war ziemlich blöd und tat ein bisschen weh. Wir ließen uns ins hohe Gras fallen und ruhten uns erst einmal aus. Ich schloss die Augen und hörte es überall summen und brummen. Es roch so gut hier!

Wie es jetzt in Kiel sein mag? Ob es wohl schon wieder einen Fliegeralarm gegeben hatte? Vielleicht saßen die Menschen gerade jetzt dicht gedrängt im Bunker? Ich hatte meinen Platz immer hinter meiner Mutter. Dort stand ich hinter ihr auf der Bank und konnte mich mit dem Rücken an der Wand anlehnen. Es dauerte oftmals sehr lange, bis die Sirenen zur Entwarnung ertönten. Wenn ich dringend mal Pipi machen musste, sollte ich einfach in die Hosen machen. Mein älterer Bruder war nicht mehr bei uns. Er ging schon zur Schule und seine Lehrerin war mit der ganzen Klasse nach Klanxbüll geflüchtet, wo jedes Kind bei einer anderen Familie untergebracht worden war. Mein jüngerer Bruder war noch ein Baby und lag im Wagen, der vor meiner Mutter stand.

Aber nicht immer saßen wir während eines Angriffs in diesem Bunker. Wir hatten das Glück, dass wir gerade nachts auch manchmal quer über die Schienen zum nächsten Stellwerkhäuschen laufen konnten. Dort war es etwas besser für uns, denn nur die Menschen aus unserem Haus durften dorthin. Da angekommen, wurden wir Kinder gleich in ein Bett mit blauweiß karierter Bettwäsche gelegt… „Inge, träumst du?"

Edith hatte mich am Arm gepackt und mich aus meinen Gedanken gerissen. Ich sprang auf und blickte zum Himmel hinauf. Es war tatsächlich wieder so ein herrlich warmer Tag geworden. Wir hatten Hunger und naschten von unseren Beeren bis – oje, ganz plötzlich meine Dose ganz leer war. Wie das nur passieren konnte! Auch Edith und Lisa hatten kaum noch Beeren übrig. Es war Mittagszeit und wir sollten besser nach Hause gehen.

Tante Käthe lachte, als sie unsere schmale Ausbeute sah, sie hatte wieder dieses verschmitzte Lachen im Gesicht, das ich so an ihr liebte. Vielleicht hatte sie auch nicht wirklich mit Brombeeren von uns gerechnet, vielleicht wollte sie nur, dass wir eine tolle Beschäftigung hatten, damit sie in Ruhe arbeiten konnte. Vielleicht war es so wie damals, als sie uns auf Kaninchenjagd geschickt hatte. Überall liefen die süßen Tierchen herum. Wir hätten zu gerne wenigstens ein einziges gefasst. Tante Käthe verriet uns einen Trick, wie wir sie ganz einfach fangen konnten. Und zwar bräuchten wir nur einem Kaninchen Salz auf den Schwanz zu streuen, dann könnten wir es ganz einfach ergreifen.

Jede von uns hatte damals eine kleine Tüte mit Salz dabei, aber wie sehr wir uns auch an die Tiere heranschlichen, es war aussichtslos. Das konnte natürlich nicht klappen. Tante Käthe hatte uns reingelegt damals vor langer Zeit. Jetzt waren wir natürlich schlauer. Auf so etwas würden wir nicht mehr hereinfallen. Nein, ganz bestimmt nicht!

BEERDIGUNG

Für den Rest des Tages gingen wir nirgendwo hin, sondern überlegten, was wir wohl spielen könnten. Beerdigung! Ja, Edith und Lisa wollten Beerdigung spielen. Ich wusste natürlich nicht, wie man so etwas spielen könnte. Die Mädchen meinten, ich müsste da gar nichts wissen, da ich die Kleinste war, wäre ich sowieso die Leiche. Ach so!

Viel hab ich von dem Spiel dann auch nicht mitkriegen können, denn sie wickelten mich in die Wolldecke ein und trugen, oder besser gesagt, schleiften mich von einem Ort zum nächsten, sangen Lieder, sprachen etwas – sehr getragen versteht sich und sangen wieder. Schon wurde ich wieder ein Stück weiter geschleppt. Edith sagte etwas, sie war wohl die Pastorin und Lisa tat so als ob sie laut weinte. Irgendwann wurde ihnen das Spiel dann langweilig und ich konnte wieder auferstehen von den Toten.

HILFE AUS KIEL

Am späten Nachmittag war meine Mutter aus Kiel gekommen, um bei der Pflaumenernte zu helfen. Gerade als die beiden Frauen zum Ernten in den Garten gehen wollten, kamen vier junge Männer den Feldwerg entlang und schauten sich suchend um. Das war ungewöhnlich in dieser abgelegenen Gegend. Tante Käthe ging zu ihnen und sprach mit ihnen. Sie lachten zusammen und bevor die Männer gingen, schenkte Tante Käthe ihnen ein paar Äpfel. Was sie wirklich hier wollten, wurde uns viel später erst klar.

Wir Kinder hatten eine kleine Schachtel im Haus gefunden, Tante Käthe hatte sie wegwerfen wollen, aber wir konnten sie wunderbar gebrauchen, um ein Bett für unsere Puppen daraus zu basteln. Etwas Stoff von dem Rest Kissenbezug hatten wir noch, daraus machten wir das Bettzeug. Für drei Puppen war die Schachtel allerdings zu eng, deshalb mussten unsere Kinder abwechselnd schlafen. Wir spielten bis zum Abend „Frau Nachbarin" und wir waren Mütter, die für ihre Kinder kochen mussten und die sich immer wieder mit ihren Nachbarinnen stritten oder zusammen Kaffee tranken.

NÄCHTLICHE STÖRUNG

Mitten in der Nacht erwachte ich. Tante Käthe und meine Mutter waren auch wach und redeten hastig miteinander und auch Edith und Lisa waren aufgestanden. Tante Käthe hatte den Schürhaken in der Hand und ging zum Fenster. Meine Mutter schrie: „Nicht, lass das, tu das nicht!", aber Tante Käthe riss das Fenster weit auf, lehnte sich hinaus und rief etwas, während sie mit dem Schürhaken drohend fuchtelte. Ein Licht wanderte erst über ihr Gesicht und dann durch das ganze Zimmer. Offenbar leuchtete jemand mit einer Taschenlampe zu uns herein. Auch Tante Käthe hatte eine Taschenlampe in der Hand und leuchtete damit in den Garten hinaus. Dann schimpfte sie wieder ganz fürchterlich. Von draußen drang Gemurmel herein und dann klang es so, als ob Schritte sich hastig entfernen würden. Bald war wieder Ruhe eingekehrt, aber wir waren alle hellwach, gingen in die Küche und setzten uns an den Tisch, während meine Mutter jedem von uns einen Becher Milch gab. Aufgeregt wurde über das Erlebte geredet. Tante Käthe glaubte die jungen Männer vom Nachmittag erkannt zu haben. Sie hatte vorher schon eine Weile wach gelegen und sich über fremd klingende

Geräusche gewundert. Auch wanderte ein Lichtschein immer wieder durchs Zimmer, was ihr seltsam vorkam. Das war sicher die Taschenlampe, mit der die Männer testen wollten, ob alle im Haus schliefen. Es waren ja tatsächlich Diebe gewesen, die sich im Obstgarten zu schaffen gemacht hatten. Aber davon wollte ich im Augenblick nichts wissen. Ich wurde auf einmal furchtbar müde und jemand brachte mich wieder ins Bett.

Am nächsten Morgen sind wir erst einmal in den Garten gegangen. Die Diebe hatten einen Pflaumenbaum fast ganz abgeerntet. An dem zweiten Baum waren noch alle Früchte dran und auch vom Apfelbaum waren nur ein paar Äste leer gepflückt. Es schien so, als hätte Tante Käthe die Diebe noch gerade rechtzeitig aufgeschreckt und verjagt.

Abends beim Schlafengehen dachte ich an die Diebe. Was wäre, wenn sie ins Haus gekommen wären? Es war mir doch ziemlich unheimlich zumute und ich hatte überhaupt nichts dagegen, dass meine Mutter am nächsten Morgen mit mir wieder zurück nach Kiel wollte. Meine Puppe musste natürlich mit.

RESÜMEE

Viele, viele Jahre sind seitdem vergangen. Der Krieg war irgendwann dann doch vorbei, die Stadt Kiel wurde wieder aufgebaut und ich selbst habe ein Leben mit vielen Höhen und Tiefen gelebt.

Sehr oft und gerne denke ich an meine Besuche während des Krieges in Techelsdorf zurück. In Techelsdorf, bei Tante Käthe und meinen beiden Cousinen Edith und Lisa, wo man unbeschwert inmitten einer ursprünglichen Natur leben konnte. Der Krieg mit den vielen Angriffen auf unsere Stadt war damals Normalität für mich und ein Besuch in eine Gegend friedlicher Idylle eine paradiesische Besonderheit.

Sicher hatten die Menschen, die in diesem Dorf lebten, auch Ängste und Sorgen. Meine Tante, zum Beispiel, die mit zwei Kindern allein lebte, die keinen Beruf hatte und von niemandem unterstützt wurde, sondern mit einer sehr schmalen Rente mutig als Selbstversorgerin auch noch für andere Leute strickte.

Doch für mich als kleines Mädchen waren meine Aufenthalte in Techelsdorf mit die schönste Zeit meiner Kindheit. Für mich war alles, was ich dort erlebte ein spannendes Abenteuer. Immer gab es dort Neues und Aufregendes zu erleben. Selbst das Sammeln der Kartoffeln auf einem abgeernteten Acker war eine große Freude für mich. Und dass wir dann anschließend unten in der etwas dunklen Küche der Großeltern saßen und knusprige Bratkartoffeln aus einer großen Pfanne aßen. Eine Pfanne, die fast so groß war wie die ganze Herdplatte, gehört auch mit zu meinen unvergesslichen Erinnerungen. Und jetzt fällt mir auch noch der große Topf mit der leckeren Milchsuppe ein, der doch noch mit auf dem Herd Platz hatte. Auch hab ich nie ein böses Wort von meiner Tante gehört und mit meinen beiden Cousinen hab ich mich immer gut vertragen.

Wann immer ich viele Jahre später meinen eigenen Kindern aus dem Buch „Die Kinder aus Büllerbü" von Astrid Lindgren vorgelesen habe, kamen mir dabei die Erinnerungen an Techelsdorf in den Sinn. Denn Techelsdorf war mein Bullerbü.

Noch ein Wort zu den beiden Schwestern, Käthe und meine Mutter Anni. Beide, auf ihre Art, haben während der Kriegszeit ihre Alltagspflichten so gut sie konnten gemeistert. Zeit für Träume gab es für sie kaum und nach eigenen Bedürfnissen wurden sie nicht gefragt. In ihrer Kindheit hatten sie schon den ersten Weltkrieg überstehen müssen und dann als Erwachsene den zweiten, wodurch sie ganz sicher geprägt wurden. Da ist es nicht verwunderlich, wenn sich ein Panzer um ihre Herzen gelegt haben sollte. Es ging immer nur um das nackte Überleben, um das tägliche Brot im wahrsten Sinne des Wortes.

Aber sie waren für einander da, diese beiden Schwestern. So manches Mal brachte meine Tante uns etwas zum Essen mit, wenn in Techelsdorf geschlachtet worden war oder auch Obst und Gemüse aus ihrem großen Garten. Im Gegenzug versuchten meine Eltern sich mit anderen Dingen zu revanchieren. Zum Beispiel schenkten sie ihr zwei selbst genähte Muffs aus Kaninchenfell für Edith und Lisa. Ich erinnere auch, dass mein Vater zwei Puppenbetten, wohl als Weihnachtsgeschenk für meine Cousinen gedacht, getischlert hatte. Ich war damals direkt ein bisschen neidisch, denn ich hatte für meine Puppe nicht so ein schönes Bett. Diese Betten waren sicherlich für besonders große und schöne Puppen gedacht, nicht für solche von uns Kindern selbst genähten „Plünnjulen", wie meine Mutter sie zu nennen pflegte.

Wo war meine kleine Puppe eigentlich geblieben? Einmal hab ich sie bei uns auf dem Hof in der Aschkuhle entdeckt. Die so genannte Aschkuhle war ein ziemlich großer, rechteckiger Behälter mit gemauerten Wänden, die etwa einen Meter hoch waren. Dort kippten sämtliche Hausbewohner nicht nur ihre Asche, sondern ihren gesamten Müll hinein. Ja und genau darin entdeckte ich meine Puppe. Natürlich bin ich über die Mauer geklettert und habe sie gerettet. Sie muss wohl fürchterlich ausgesehen haben und streng gerochen oder besser gesagt, gestunken haben. Irgendwann war sie dann ganz verschwunden und das war wohl auch gut so.

LUFTANGRIFF

„Inge, wach auf! Los, los, steh auf und zieh dir die Schuhe und Mantel an! Mach schon, beeil dich!"

Ich schlug die Augen auf. Meine Mutter rüttelte mich wach und redete auf mich ein. Ich hörte die Sirenen heulen. Voralarm! Kurz darauf ertönte das Geheul der Sirenen erneut – Vollalarm!

Wir liefen los. Meine Mutter bugsierte die Sportkarre mit meinem kleinen Bruder die Treppen hinunter und ich kam so schnell ich konnte hinterher.

Es war stockfinstere Nacht, absolut nichts war zu sehen, denn alle Lichter und Laternen waren ausgeschaltet, damit der Feind die Stadt nicht erkennen konnte.

Dennoch konnten wir sehen, wie in dieser Nacht die Innenstadt bombardiert wurde. Es war entsetzlich, dieser Luftangriff auf Kiel! An mehreren Orten fielen gleichzeitig Feuerbälle herab und detonierten mit einem ohrenbetäubenden Getöse. Meine Mutter schleifte mich geradezu mit sich, aber ich, ich konnte doch nicht so schnell laufen.

Jedes Mal, wenn wieder so ein Feuerball krachend auf die Stadt niederging, rannte meine Mutter mit uns zum Schutz in einen Hauseingang. Schon als kleines Kind spürte ich, wie sinnlos dies war. Meine Mutter hatte Angst, grenzenlose Angst und so wollte sie sich in ihrer Panik mit uns in den Hauseingängen verkriechen.

Als mir bewusst wurde, dass meine Mutter Angst hatte, geriet auch ich in Panik. Ich fühlte mich so allein. Sie konnte mich nicht beschützen. Nicht einmal meine Mutter – ich war wie verloren.

Weiter liefen wir. Das Bombardement hörte nicht auf. Meine Mutter nahm mich und warf mich auf die Sportkarre oben auf meinen Bruder und rannte mit uns weiter.

Irgendwann erreichten wir den Bunker. Unzählige Menschen drängten sich hinein. Wir hatten es geschafft! Es war wie immer brechend voll, doch jeder hatte seinen festen Platz. Von verschiedenen Menschen wurde ich hinüber zu unserem Platz gereicht, wo meine Mutter schon auf der Bank saß. Ich stellte mich auf der Bank hinter sie. So konnte ich sie spüren und mich gleichzeitig an der Wand anlehnen. Mein kleiner Bruder lag vor uns in seinem Wagen und schlief.

ECHTE
FREUNDE

Eine Etage über uns wohnte das Ehepaar Honsbehn. Eigentlich erinnere ich mich nur vage an die beiden, doch dass sie schon etwas älter waren, ist sicher.

Für uns Kinder waren sie Tante und Onkel Honsbehn. Tante Honsbehn, eine immer freundliche, feine Frau, war ziemlich hoch gewachsen und sehr damenhaft. An all ihren Kleidern trug sie weiße, gehäkelte Kragen und um das zarte Gesicht kringelten sich ein paar graue Löckchen.

Doch erzählen will ich von Onkel Hohnsbehn. Alle Kinder unseres Hauses liebten den freundlichen alten Mann und, da bin ich mir sicher, er liebte uns Kinder auch.

Im Sommer wenn wir sahen, dass er in seinen Garten gehen wollte, liefen wir zu ihm, kletterten in seinen Blockwagen und ließen uns von ihm den Tonberg hochziehen, am Kleinbahnhof vorbei, bis in seinen großen Gemüsegarten.

Während er sich irgendwie beschäftigte, ernteten wir die Johannesbeer- und Stachelbeerbüsche ab, bis wir Bauchweh bekamen. Bauchweh bekamen wir tatsächlich ab und zu nach solchen Aktionen, aber das kümmerte niemanden. Man wusste ja, woher es kam.

Bevor es wieder zurückging, setzte Onkel Honsbehn sich auf die Bank vor seiner Laube und rauchte eine Pfeife. Überhaupt hatte er diese Pfeife immer in seinem Mund, doch wenn er auf der Bank saß, stopfte er sie neu und zündete sie an. Dann stieg eine kleine Wolke hoch in die Luft und es roch süßlich, es muss wohl Feigenduft gewesen sein. Ja, und manchmal zeigte er uns, wie er Ringe aus Rauch blasen konnte.

Ein Kind hatte er ganz besonders in sein Herz geschlossen. Das war mein jüngerer Bruder Hans. Hans war damals noch Hansi, doch diese Anrede hat er sich später von uns verbeten.

Hansi und Onkel Honsbehn gehörten einfach zusammen. Sie bildeten eine Art Symbiose.

Wenn es nicht in den Garten ging, sah man beide an der Hobelbank in dem Schuppen auf unserem Hof. Irgendetwas werkelten sie immer. Vor lauter Eifer vergaß Hansi regelmäßig, sich die Nase zu putzen. Und auch bei Onkel Honsbehn, in der Arbeit vertieft, passierte es immer wieder, dass direkt über der Pfeife ein kleiner Tropfen an der Nasenspitze hing. Weil das immer wieder vorkam, hatten beide beschlossen, sich gegenseitig auf diese Missstände aufmerksam zu machen.

Gemeinsam hielten sie inne und schnäuzten sich kräftig ihre Nasen aus, um danach ihre Arbeit fortzusetzen.

APFELERNTE

„Kinder, kommt und ratet,
was im Ofen bratet….“!

Dieses kleine Gedicht vom Bratapfel ist sicher in einer Zeit geschrieben worden, als in den Wohnzimmern noch Kachelöfen standen.

In meiner Kindheit hatten wir auch so einen prächtigen Ofen mit dunkelroten Kacheln und einer Ofenröhre, in der fast immer ein Teekessel mit Wasser stand der leise vor sich hin summte. Weiter unten befand sich die Klappe zum Befeuern des Ofens, durch die man die flackernden Flammen beobachten konnte.

Wenn es Herbst wurde und die Stürme über das Land fegten, wenn das bunte Laub bereits tanzend zu Boden geglitten war, dann leuchteten von dem alten Apfelbaum die roten Äpfel, die darauf warteten gepflückt und ins Haus geholt zu werden. Besonders groß waren sie nicht, diese Äpfel, aber der süßlich saure Geschmack war ein köstlicher Leckerbissen.

An unserem Apfelerntetag halfen alle mit. Wir Kinder nahmen die Äpfel entgegen die unsere Eltern uns reichten. Ganz behutsam legten wir jeden einzelnen von ihnen in den Korb hinein.

Als alles abgeerntet war begann es schon zu dunkeln. Weit in der Ferne ging die Sonne als roter Ball unter und färbte dabei den ganzen Himmel rot ein.

„Kiek mol, wat is de Himmel so rot. Dat sünd de Engel, de backt dat Brot!" rief mein Bruder stolz grinsend. „Nee, nee" konterte ich, „geht ja gar nicht, ist doch noch kein Weihnachten!"

Weil wir so fleißig beim Ernten geholfen hatten, durften wir uns Bratäpfel machen. Unsere Mutter nahm den Kessel aus der Ofenröhre heraus und wir legten unsere Äpfel hinein. Dann kontrollierte sie noch das Feuer. Ein rot glühendes Brikett strahlte eine angenehme Wärme aus.

Gespannt warteten wir.

Wenn die Schale der Äpfel beginnt aufzuplatzen, gibt es ein kleines Zischgeräusch und wenn mehrere Äpfel gleichzeitig aufplatzen, klingt es schon fast wie eine Explosion von Knallkörpern: „Hört nur, wie es knallt und zischt, hurtig Kinder, kommt zu Tisch", heißt es weiter hinten in dem Gedicht.

Ja und dann saßen auch wir alle zusammen um unseren Tisch herum. Mit vor Eifer rot glühenden Wangen schmauste jeder von uns den Zipfel, den Zapfel, den Kipfel, den Kapfel, den knusprigen Apfel.

SO EIN THEATER!

In meiner frühen Kindheit wohnten wir in Kiel, in der Alten Lübecker Chaussee. Unser Haus hatte zwei Eingänge und drei Stockwerke.

Wir wohnten in der ersten Etage. Viele Kinder aller Altersklassen lebten hier.

Direkt vor unserem Fenster führte im rechten Winkel eine kleine Stichstraße, die leicht anstieg. Das war der Tonberg. Natürlich wohnten auch dort Familien mit Kindern.

Links von unserem Haus gab es einen Bahnübergang und gleich dahinter lag die Vereinsbäckerei. Je nachdem wie der Wind stand, duftete es köstlich nach frisch gebackenem Brot.

Rechts vom Haus gab es einige Wohnhäuser und etwa einen halben Kilometer entfernt eine Fischfabrik. Leider blies der Wind nicht immer aus der Richtung der Vereinsbäckerei.

Vor meinen Augen sehe ich jetzt Autos mit nur drei Rädern auf der Straße fahren. Tempo nannte man die wohl. Und Pferdewagen, beladen mit großen Bierfässern, traben gedanklich an mir vorbei.

Ich mag vier oder höchstens fünf Jahre alt gewesen sein. Mein Vater, er war bei der Bahnpolizei tätig, kam flotten Schrittes den Tonberg herunter. Schon von Weiten, so hat er es uns später oft erzählt, wunderte er sich über die vielen Kinder vor unserem Haus. Beim Näherkommen fiel ihm auf, dass diese Kinder mit dem Rücken zu ihm standen und alle nach oben schauten. Mein Vater kam näher und näher. Ihm mag der Atem gestockt haben.

Die Flügel unseres Wohnzimmerfensters waren weit nach außen geöffnet. Auf dem Fensterbrett stand das Marionettentheater, das er für uns Kinder gebaut hatte. Mein Bruder und ich liebten dieses Theater. Der äußere Rahmen war mit blauen und grünen Farben bemalt und am oberen Rand über der Bühne stand in hellen Buchstaben „Peters und Inges Theater"

Alle Figuren waren Märchenwesen, Laubsägearbeiten, die von oben an Stäben hin und her geführt wurden. Als Kulisse dienten Bilder auf Presspappe gemalt, passend zum jeweiligen Märchen, die seitlich auf einer Rille ins Theater geschoben wurden.

Nun stand Peter, er ist eineinhalb Jahre älter als ich, hinter dem Theater auf einem Stuhl und führte ein Märchen vor.

Und ich? Wo war ich? Ich befand mich auf der Straße inmitten aller anderen Kinder und ging mit einer leeren Konservenbüchse von Kind zu Kind, um Eintritt zu kassieren.

Sollte jetzt jemand fragen, wie viel oder ob ich überhaupt etwas eingenommen habe, muss ich leider passen. Daran kann ich mich nicht erinnern.

MUTTERLIEBE

Es war Weihnachten und es war in der Kriegszeit. Wie alt ich damals genau war, erinnere ich nicht mehr.

Nachdem unser Vater den Tannenbaum auf den Ständer gesetzt hatte, begann meine Mutter ihn zu schmücken und ich durfte dabei helfen. Die Kästen mit den silbernen Kugeln, das immer wieder glatt gestrichene Lametta und die Baumspitze wurden vom Dachboden aus dem Regal geholt und vorsichtig ausgepackt. In den Kerzenhaltern, die mich immer irgendwie an einen Froschkönig erinnerten, steckten noch Kerzenstummel vom Vorjahr und zusätzlich hatte unsere Mutter einige Kerzenstummel in einer Schublade verwahrt.

Nun stand der wunderschön geschmückte Baum über und über silbern glänzend im Wohnzimmer und alle warteten gespannt auf den Abend.

Doch jetzt am Nachmittag gab es erst einmal den Geburtstagskuchen für mich. Unsere Oma war gekommen. Sie hatte für alle Strümpfe gestrickt und für mich zum Geburtstag mein Lieblingsgebäck gebacken: flache gelbe Plätzchen aus Eigelb und Zucker. Das waren jedenfalls die Hauptzutaten, von denen ich wusste.

Endlich wurde es draußen dunkel und die Feier für den Heiligen Abend konnte beginnen.

Zu dumm, dass ausgerechnet am Heiligen Abend unser Vater zum Sonderdienst musste. Er versprach aber, sobald wie möglich zurück zu kommen. Wir sollten ruhig schon mal die Kerzen anzünden, meinte er bevor er ging.

Nun saßen wir, unsere Mutter mit meinem kleinen Bruder, Hans, auf dem Schoß sowie Peter und ich auf dem Sofa, Oma dicht neben uns auf einem Stuhl. Die Kerzen brannten und wir sangen: „Oh Tannenbaum, oh Tannenbaum." Plötzlich klopfte es furchtbar laut an der Wohnungstür. Wer konnte das nur sein?

Mutter öffnete die Tür, wir hörten eine fremde tiefe Stimme und dann stand er mitten im Wohnzimmer vor uns: der Weihnachtsmann höchstpersönlich! So ganz genau erinnere ich mich nicht mehr, aber ich hatte mich furchtbar erschrocken als ich ihn sah, denn er hatte seinen roten Mantel nicht an, sondern er war ganz in Grün gekleidet. Mutter erklärte uns, dass selbst der Weihnachtsmann in den Krieg ziehen musste und nur für den Heiligen Abend Fronturlaub bekommen hatte.

Wir sangen: „Alle Jahre wieder kommt das Christuskind", und Peter konnte sogar ein Gedicht aufsagen. Einen großen Sack mit vielen Geschenken hatte der Weihnachtsmann natürlich auch dabei.

Da war sie ja wieder, Antje, meine kleine Celluloidpuppe, die ich schon vermisst hatte. Es war so traurig, denn sie hatte keine Arme und auch keine Beine mehr gehabt. Jetzt aber war sie wieder ganz, jetzt hatte sie wieder richtige Gliedmaßen aus Holz geschnitzt bekommen. Ein neues Kleid trug sie auch. So eines hatte ich auch, aber als Unterkleid. Meine Mutter hat es aus unseren alten braunen Strümpfen gemacht, indem sie die Streifen der Strümpfe mit grünem Garn umhäkelt und zusammengenäht hat. Bei dem Puppenkleid hat sie dem Weihnachtsmann bestimmt geholfen. Oh, wie ich mich freute, ich drückte das Püppchen fest an mein Herz.

Aber, was war das, ich bekam noch etwas! Es war eine Mandoline! Eine echte Mandoline!

Nun hatte der Weihnachtsmann es aber eilig, er verabschiedete sich von uns und ging polternd davon.

Es dauerte gar nicht lange, da kam mein Vater vom Sonderdienst zurück.
Wie schade, dass er den Weihnachtsmann verpasst hatte.

Nachdem wir alle zusammen gegessen hatten, d. h. viel konnte ich vor lauter Aufregung nicht zu mir nehmen, holte mein Vater das alte Akkordeon hervor und wir sangen gemeinsam Weihnachtslieder. Auch Peter konnte schon etwas auf dem Akkordeon spielen und mein Vater gegleitete ihn auf der Chromonica.

Ja und dann spielte unser Vater uns noch etwas auf der Mandoline vor. Er zeigte mir, wie man dem Instrument Töne entlocken konnte. Hm, ich stand der Sache etwas skeptisch gegenüber.

Die nächsten Tage nach Weihnachten probierte ich es immer wieder, um wenigstens ein einziges Lied oder vielleicht nur eine schön klingende Tonfolge hinzubekommen. Es war aussichtslos!

Dann hatte ich eine Idee! Ich untersuchte das Instrument genauer. Die obere Decke muss doch abzulösen sein!

Zwar kann ich nicht sagen wie, doch irgendwie habe ich es geschafft das untere bauchige Teil von den oberen Teilen zu trennen. Ich suchte mir ein Geschirrhandtuch polsterte damit den ‚Bauch' aus, legte mein Püppchen hinein und deckte es mit einem kleinen Kissen sorgfältig zu. Zufrieden mit meinem Werk zeigte ich es stolz meinen Eltern. Und meine Eltern, waren sie ebenso begeistert wie ich? Ich meine zu erinnern, dass sie gar nichts gesagt haben. Nicht einmal ein böses Wort haben sie verloren.

Jahre später habe ich mich gefragt, was sie damals wohl eingetauscht hatten, um so ein schönes Instrument für mich ergattern zu können.

SPITZBUBEN

Wir fünf Kinder aus unserem Haus hatten einen brach liegenden Garten für uns entdeckt. Viel gab es nicht mehr zu ernten,
außer im Frühsommer ein paar vergessene Johannisbeeren und
einige wenige Stachelbeeren, die noch an den Büschen hingen.
Ringelblumen hatten sich an verschiedenen Stellen ausgesät, die
jetzt leuchtend gelb und orange blühten. Auch ein paar Kartoffel-
pflanzen wuchsen hier und da.

Es gab einen Schuppen, der an den nächsten Garten grenzte.
Über dem Dach des Schuppens breiteten sich die Zweige eines
Birnbaums aus. Oh, wie wir warteten, dass die Birnen doch rei-
fen mögen!

Eines Tages war es so weit, jedenfalls war unsere Geduld am
Ende. Also kletterten wir auf den Schuppen hinauf. Das war gar
nicht so einfach, wir mussten erst auf den angrenzenden Zaun
klettern, von dort konnten wir uns mit den Armen auf dem Dach
abstützen und dann hochstemmen. Wie im Schlaraffenland hingen die Äste mit den Birnen für uns gut greifbar herunter. Wir
füllten unsere Taschen, das heißt ich hatte mein Kleid unten am
Saum mit einer Hand zusammengerafft und hielt den Rock nun
so, dass sich eine Art Netz bildete, in das ich meine Birnen legte.

Plötzlich brüllte eine Männerstimme aus dem Nachbargarten:
„Ihr verflixten Spitzbuben, wartet, ich komm und hole euch!"

Vor Schreck purzelten meine Birnen zu Boden. So schnell wir konnten kletterten und sprangen wir vom Dach hinunter und rannten zu unserem Versteckt. Wir hatten uns in einem dicht bewachsenen Knick mit Hilfe von vertrockneten Ästen und Zweigen eine Höhle gebaut, wohin wir uns immer verzogen, wenn uns niemand entdecken sollte.

Ganz außer Atem kam ich als Letzte an. Die anderen Vier sahen mich schadenfroh grinsend an und nagten genüsslich an ihren Birnen. Nur ich hatte keine einzige, meine waren vom Dach zurück in Nachbars Garten gekullert.

Enttäuscht bin ich weggegangen. Dabei heißt es doch immer: „Ehrlich währt am längsten". Na ja, das hatte ich nun davon.

ABSCHIED

Fräulein Kremin kam zu uns ins Klassenzimmer. Sie war früher einmal meine Klassenlehrerin, aber vor etwa einem halben Jahr hat sie unsere Schule verlassen. Unsere Klasse wurde aufgelöst und wir Kinder wurden aufgeteilt und wurden in drei verschiedene Klassen untergebracht. Ich kam als einzige in die A-Klasse zu Fräulein Benedikt, der Rektorin unserer Schule. Es war nicht so ganz leicht, mich in der neuen Umgebung einzuleben. Nicht, dass ich Fräulein Benedikt nicht mochte, aber bei Fräulein Kremin habe ich mich wohler gefühlt, obwohl sie manchmal auch ziemlich streng sein konnte.

Die Anrede „Fräulein" habe ich bewusst gewählt, auch wenn sie den Leser etwas befremden mag. Damals um 1950 wurden alle unverheirateten Frauen, auch die schon etwas älteren, so angeredet. Überhaupt gab es zu der Zeit an unserer Schule nur älteres Lehrpersonal und es waren überwiegend Frauen.

Aber nun stand Fräulein Kremin plötzlich bei uns im Klassenzimmer, um mich zu holen. Wir gingen in den Nebenraum, wo alle meine ehemaligen Mitschülerinnen schon auf uns warteten.

Wir erfuhren nun, dass unsere Mitschülerin Vera Petersen gestorben war. Vera hatte eine Lungenentzündung gehabt, sie ist nur elf Jahre alt geworden.

Vera ist tot. Ich konnte das nicht begreifen. Es war das erste Mal, dass ich mit so einer Nachricht konfrontiert wurde. Wohl hatte ich schon mal vom Tod eines Nachbarn erfahren und während des Krieges hörte ich oft nach einem Angriff, wie viele Menschen ihr Leben lassen mussten, doch mit Vera war das etwas anderes. Wir hatten viel miteinander gespielt und während des Unterrichts hat sie neben mir gesessen. Ihr Tod traf mich unmittelbar, kam sie doch aus meinem engsten Umfeld.

Kurz übte Fräulein Kremin mit uns das Lied „Befiehl du deine Wege". Wir erinnerten es noch ein bisschen aus der Zeit, als wir noch alle zusammen waren und es häufiger gesungen hatten.

Im Anschluss wurden wir nach Hause geschickt, damit wir unseren Eltern Bescheid geben konnten. Um 12:00 Uhr trafen wir uns wieder auf dem Schulhof, gingen gemeinsam zur Bushaltestelle und fuhren von Kiel nach Elmschenhagen. Vera sollte dort auf dem Friedhof ihre letzte Ruhe finden.

Auch meine Mutter fuhr an diesem Tag nach Elmschenhagen, weil sie ihre Mutter, also meine Oma, besuchen wollte.

Es war ein kalter, grauer Tag. Wir standen am offenen Grab. Weiter hinten, etwas Abseits, entdeckte ich meine Mutter und meine Oma. Wie schön, dass sie auch gekommen waren.

Was der Pastor gesprochen hat, erinnere ich nicht. Auch nicht, ob gebetet wurde. Irgendwann stimmte Fräulein Kremin unser

Lied an. Wir sangen, doch eine nach der anderen brach mitten im Gesang ab – wir konnten nicht mehr singen, weil wir weinen mussten. Wir weinten alle, nur Fräulein Kremin nicht, sie stand dicht neben dem Grab und sang mit ihrer wunderschönen klaren Stimme:

„Der Wolken, Luft und Winden gibt Wege, Lauf und Bahn,
der wird auch Wege finden, da dein Fuß gehen kann"

Dieses Lied – auch heute klingt es in mir lange nach, wann immer ich es höre. Und immer dann denke ich an Vera, die nur elf Jahre alt geworden ist.

ONKEL EDE

Wenn der Wind weht im Strom der Aprilfrische, wenn die ersten frühlingswarmen Sonnentage sich einstellen, treibt es die Segler hinaus zum alten Yachthafen. Viele Boote liegen noch am Pier, doch einige besonders ungeduldige Kameraden zieht es schon hinaus auf die Ostsee. Sie hissen die Segel und lassen sich vom Wind treiben.

Für mich waren die ersten Törns des Jahres auch immer sehr spannend, aber noch besser gefielen mir die kleinen Ausflüge mit Onkel Ede, wie wir Kinder den urigen alten Fischer nannten.
   Abends, wenn die Segler zurück in den Heimathafen kamen, saß Onkel Ede Pfeife rauchend auf der alten Holzbank im ‚old man's corner'.

Sobald mein Vater das Schiff festgemacht hatte, sprang ich von Bord auf die Brücke und lief zu dem alten Fischer hin. „Na, mien Deern, " begrüßte er mich, „wis wedder mit?" Klar wollte ich! Er erhob sich schwerfällig und ging ein Bein etwas nachziehend vor mir her zu dem kleinen Ruderboot, das zur Hälfte im Wasser und zur Hälfte auf dem Sand lag. Ich kletterte zuerst hinein, während Onkel Ede das kippelige Schiff festhielt, und setzte mich vorn am Bug auf das Sitzbrett.

Jetzt schob Onkel Ede das Boot weiter ins Wasser hinein. Beim Hineinklettern hatte er eine besondere Technik. Erst war sein linkes

Bein dran, das er schwungvoll über die Bordkante bugsierte und dann kletterte er mit dem anderen Bein hinein. Er setzte sich mehr mittig hin, ein Bein angewinkelt und das andere lang ausgestreckt. Viele Jahre später erfuhr ich, dass er ein Holzbein hatte.

Die Reusen, die wir zu den Pollern brachten, lagen zu unseren Füßen.

Morgen früh wird der alte Mann die hoffentlich mit vielen Aalen gefüllten Reusen wieder einholen. Einen Teil der Fische wird er gewiss wieder räuchern, gleich Vorort in dem alten Räucherofen des Yachthafens und den Rest wird er auf Eis legen.

MEIN WIEGENLIED

Nur noch selten war ich bei den Segeltörns meiner Eltern mit dabei. Wenn es doch wieder einmal vorkam und wir über Nacht blieben, schlief ich vorne im Bug der kleinen Yacht.

Dann schaukelten die Wellen das Schiff sanft hin und her. Das leise Plätschern des Wassers am Rumpf, das unaufhörliche Klappern der Wanten an den Mastbäumen, ich hörte es immer gern. Diese mir vertrauten Geräusche waren mein Wiegenlied.

Und wenn ich in lauen Sommernächten das Fenster, oder richtiger gesagt, das Skylight über mir öffnete, leuchteten die Sterne zu mir herab. Ich war eingebettet wie in einem schützenden Kokon und so schien mir der Himmel ganz nah zu sein.

Manchmal wurde diese Idylle durch das Tuckern eines Fischerbootes unterbrochen. Gleich darauf wurde das Schaukeln heftiger und ein leichter Geruch von Schmieröl und Benzin berührte meine Nase.

Doch die See beruhigt sich meist schnell wieder.

Sanft wiegten die Wellen mich in meinem Kokon hin und her. Bewacht von den Sternen schlummerte ich ein.

MICH RIEF ES AN BORD

Das Telefon klingelte: „Hallo Inge, wir werden in etwa zwei Stunden in Travemünde anlegen. Hast du Lust uns zu besuchen? Wir werden wieder in der Nähe vom Skandinavienkai liegen. Du weißt doch, da haben wir schon einmal festgemacht."

Und ob ich wollte! Ich entschied noch schnell einen Kuchen zu backen, um ihn mitzunehmen. Was hatte ich im Haus? Es lagen noch drei Äpfel im Kühlschrank. Ein Apfelkuchen wäre super. Aber drei Äpfel sind ein bisschen knapp. Nun denn, sie sind ziemlich groß, sagte ich mir, es muss eben gehen.

Ich gab den Teig in eine Form und drückte die geachtelten Apfelscheiben, die ich mit Zitronensaft beträufelt hatte, in den Teig hinein.

Bald schon zog ein köstlicher Kuchenduft durchs Haus. Hm, zum Apfelkuchen gehört Schlagsahne, sagte ich mir. Ob die wohl einen Mixer an Bord haben? Wohl kaum. Also schlug ich noch einen Becher Sahne. Die ließ ich einfach in der Rührschüssel und deckte Frischhaltefolie darüber.

Nun war auch der Kuchen fertig. Vorsichtig löste ich ihn aus der Form, portionierte ihn und gab ihn in eine Tupperdose.

Jetzt konnte es eigentlich losgehen. Nur, wie sollte ich alles transportieren, schließlich gehe ich am Stock? Mir blieb nur mein

Hackenporsche. Immerhin, darin konnte ich die Rührschüssel und die Tupperdose problemlos verstauen.

Ein Blick auf die Uhr zeigte mir, dass mein Zug in 15 Minuten abfahren würde. Schnell schnappte ich mir meine Tasche vom Haken, warf mir die Jacke über und hastete im Eiltempo, mein Gefährt hinterher ziehend, zum Bahnhof. Völlig außer Atem erreichte ich den Zug und hievte umständlich mein Gepäck die Stufen hoch. Geschafft! Schon setzte der Zug sich in Bewegung.

Endlich kam ich zur Ruhe. Die Stationen Dänischburg und Kücknitz hatten wir passiert. Wieder hielt der Zug. Waren wir schon am Skandinavienkai? Ich schob den Wagen zum Ausgang, aber was war das, die Tür ließ sich nicht öffnen. Plötzlich ertönte über Lautsprecher eine fast verzweifelt klingende Stimme: „Meine Damen und Herren, so bleiben sie doch bitte sitzen, wir müssen nur einen herannahenden Zug vorbeilassen."

Die Fahrt ging weiter und bald hatte ich mein Ziel erreicht. Ein Mann half mir beim Aussteigen. Aber wie war das noch gleich, sollte ich jetzt nach links oder rechts gehen? Der Weg nach links schien mir kürzer zu sein. Der Schotter knirschte unter meinen Schuhen, aber es lief sich ganz gut darauf. Doch um zum Hafen zu gelangen, sollte ich jetzt besser den Weg querfeldein über die Wiesen nehmen. Umständlich bugsierte ich den Hackenporsche durchs hohe Gras und um die vielen Steine herum.

Unterwegs fragte ich mich sorgenvoll, wie ich wohl aufs Boot gelangen soll. Der Bug der Sheralee liegt immer sehr hoch über dem Wasser. Vor mir sah ich nun den Schuppen des Yachthafens. Ich versuchte ein wenig schneller zu gehen und wäre fast über die Schienen der Slipanlage gestolpert, als in diesem Moment mein Bruder Hans hinter dem Gebäude hervor kam. „Ich hab schon alles vorbereitet, damit du sicher an Bord kommen kannst", begrüßte er mich strahlend.

Da lag auch schon der Steg mit den vielen angeleinten Yachten vor mir. Vor einem der Boote türmte sich eine riesige Trittleiter. Sollte ich da etwa hochklettern? Ich sollte und ich tat es auch.

Mein Bruder hielt die Leiter und zwei Männer zogen das Boot bis an die Leiter heran. Ich klammerte mich mit einer Hand an der Leiter und mit der anderen an den Schiffswanten fest. Einer der Männer hob erst mein rechtes und dann das linke Bein über die Reeling.

Endlich an Bord schloss meine Schwägerin mich lachend in die Arme.

EIN BEISPIEL VON FÜRSORGE

Die ersten sechs Lebensjahre meiner Tochter Judith, lebten wir allein. Da ich das Kind nicht in fremde Hände geben wollte, habe ich ein kleines Lebensmittelgeschäft, einen so genannten typischen Tante-Emma-Laden, übernommen.

Der Umsatz war mehr schlecht als recht, denn es war die Zeit, als überall die Aldi-Läden eröffnet wurden.

Zu mir kamen hauptsächlich einfache Familien, bei denen das Geld bis zum Monatsende nie ausreichte, sowie die Angestellten und Arbeiter der umliegenden Firmen, die sich etwas zum Frühstück kauften.

Meine Judith hat schon immer auf mich aufgepasst.

Hier ein Beispiel:
Judith mag etwa vier Jahre alt gewesen sein. Ich stand in meinem Tante-Emma-Laden und freute mich über einen Kunden, der an diesem besagten Morgen nicht nur sein Frühstück kaufte, sondern ganz offensichtlich seinen ganzen Wochenendeinkauf bei mir tätigte. Er verlangte alles Mögliche, Eier, Butter, eine ganze Mettwurst.

Ohne dass ich es bemerkt hatte, war Judith seitlich unter dem Verkaufstresen durchgeflitzt und stand nun breitbeinig mit geballten Fäusten vor meinem Kunden und sagte in einem äußerst energischen Ton:

„Du sollst meiner Mama nicht alles wegnehmen!"

ANGST!

Die Glocke der Ladentür schellte. Ein Kunde kommt! Ein Kunde? Aber nein, ich liege ja im Bett. Ein Blick auf die Uhr zeigte mir, dass es drei Uhr nachts war. Dennoch – die Glocke hatte geschellt.

Einbrecher? Ja wirklich, Einbrecher!

Ich wollte aufspringen, aber es ging nicht. Bleischwer und mit stampfendem Herzklopfen blieb ich hilflos liegen. Ich horchte auf jedes Geräusch. Es klimperte, Kleingeld schien auf den Boden gefallen zu sein. Gedanken jagten mir durch den Kopf. „Was ist, wenn gleich die Schlafzimmertür aufgeht?" Judiths Kinderbett stand direkt daneben. Ich wollte mein Kind zu mir holen, es beschützen, aber auch das ging nicht. Ich konnte mich absolut nicht bewegen.

Nach einer Weile, ich kann nicht sagen wie viel Zeit vergangen war, hörte ich die Ladenglocke erneut. Jetzt endlich konnte ich aufspringen und riss das Fenster auf. Direkt darunter ging jemand mit aufgespanntem Schirm vorbei. Etwas sagen oder rufen konnte ich immer noch nicht. Ich schloss das Fenster wieder und ging zum Kinderbett. Judith schlief fest, Gott sei Dank, sie hat von alledem nichts mitbekommen.

Jetzt lief ich zu den Nachbarn hinüber und klingelte Sturm. Frau Blunck rief sofort die Polizei und ihr Mann ging mit mir in mein

Wohnzimmer, das durch eine Tür mit dem Laden verbunden war. Bei einem kurzen Blick in den Laden, sah ich, dass eine Schublade, in der ich immer etwas Wechselgeld verwahrte, herausgerissen war und hinter dem Verkaufstresen auf dem Boden lag. Im Wohnzimmer stand ein Schrank, in den ich abends meine Kasse mit den Tageseinnahmen stellte.

Die Schranktüren waren weit geöffnet, die Kasse lag geleert auf dem Teppich. Und dann sah ich neben der Kasse Judiths zerbrochenes Sparschwein. Bei dem Anblick der Scherben verlor ich die Fassung und brach in Tränen aus. Auf dem Sessel, dicht daneben, lagen verstreut mehrere abgebrannte Streichhölzer und mein Fotoalbum, aufgeschlagen mit einem großen Foto von mir. An mehreren Stellen um das Bild herum befanden sich Rußflecken, wohl von den Fingern, die die Streichhölzer gehalten hatten.

In den folgenden Tagen fragte ich mich bei jedem Kunden, der in den Laden kam, ob das wohl der Einbrecher war. Und jeden Abend wenn die Dunkelheit kam kroch die Angst wieder in mir hoch.

Der Vater einer Freundin brachte eine Vorrichtung an die Eingangstür, mit der ich abends mit einer Eisenstange die Tür zusätzlich verriegeln konnte. Und Regina, eine andere Freundin, kam die ersten Tage nach dem Einbruch jeden Abend zu mir, holte sich sämtliche Brotmesser und ähnliches, sowie Tüten mit Pfeffer aus meiner Küche und legte sich, bestückt mit diesen Waffen, zu mir ins Bett.

Es war furchtbar eng mit ihr zusammen in meinem Bett, aber es half gegen meine Angst, die ganz langsam und allmählich von mir wich. Noch heute bekomme ich eine Gänsehaut, wenn ich an diese Nacht denke.

EIN SCHELM WER BÖSES DABEI DENKT

Wann immer ich von irgendwoher nach Hause komme, tausche ich, so wie es wohl die meisten Menschen tun, meine Schuhe gegen meine Hausschuhe ein. Allerdings handelt es sich bei mir nicht um übliche Hausschuhe, sondern um ganz normale Straßenschuhe der Marke Reebok.

Als die Schuhe noch neu waren, habe ich sie natürlich als Straßenschuhe benutzt, doch jetzt, da sie schon etwas abgetragen, also nicht mehr so ganz ansehnlich sind, kann ich sie noch wunderbar in meiner Wohnung weiter tragen. Gut zugeschnürt und mit meinen Einlagen versehen, habe ich festen Halt an den Füßen und kann prima damit laufen.

Doch muss ich zugeben, dass es mir schon ab und zu passiert, versehentlich mit diesen ausgetretenen Dingern einkaufen zu gehen.

Kürzlich kam es wieder einmal vor. Ich bemerkte es erst nach einer Yogastunde, als ich die Wollsocken ausgezogen hatte und meine Winterstiefel wieder anziehen wollte. Da standen doch tatsächlich meine Reebokschuhe unter dem Stuhl. Ich hatte, als ich aus dem Haus ging, wieder einmal vergessen die Schuhe zu wechseln.

Weil mir das Ganze ein wenig peinlich war, meckerte ich laut erklärend vor mich hin, dachte aber im Stillen: „Was rede ich da eigentlich, sooo schlimm sehen sie doch gar nicht aus".

Gisela stand schon eine ganze Weile vor mir. Plötzlich fragte sie zaghaft: „Kann es sein, dass du meine Schuhe an hast?"

Hä? Deine Schuhe? Moment mal. Ich guckte unter unsere Sitzreihe. Oje, unter dem Nebenstuhl standen meine Winterstiefel! Ich hatte doch tatsächlich die falschen Schuhe angezogen.

Natürlich entschuldigte ich mich, wir lachten darüber und beinahe jede von uns erzählte eine Anekdote davon, was ihr ähnliches schon passiert war. Ich zum Beispiel gab zum Besten, dass ich einmal von der Innenstadt versehentlich mit dem falschen Fahrrad davongefahren war.

Als es Zeit wurde nach Hause zu gehen, schnappte ich mir meine Jacke, das heißt ….. meine Jacke? Wo war meine Jacke? Sie hing nicht mehr am Haken!

Ich sah mich fragend um. Gisela stand mit weit aufgerissenen Augen vor mir und guckte mich erschrocken an. Sie hatte versehentlich meine Jacke angezogen! Versehentlich? Aber ja, natürlich versehentlich!

MEINE AUSZEIT

Endlich war der Tag gekommen, an dem meine liebe Freundin Ute und ich auf Reisen gehen konnten. Wir erfüllten uns unseren Traum mit einem der Hurtigrutenschiffe die Norwegische Küste entlang zu fahren.

Es war Anfang August, das Wetter war sommerlich warm, als wir uns auf einem der Fährschiffe, das uns von Kiel nach Oslo bringen sollte, befanden.

Nun war Abend und wir gingen an Deck, um uns den Sonnenuntergang anzusehen.

Den Sonnenuntergang? Nein, was uns hier empfing, war kein Sonnenuntergang. Das war mehr – viel mehr!

Eine aus diffus gelb strahlendem Licht durchflutete Glocke stülpte sich über uns, nahm uns gefangen und unter uns spiegelte sich diese Glocke noch einmal im Wasser.

Die Zeit schien still zu stehen. Unwirklich und fern von Zeit und Raum und weit, weit weg von dieser Welt.

MEHR GLÜCK ALS VERSTAND

Ute und ich waren mit einem Fährschiff der Color Line sicher in Oslo eingetroffen. Es war ein herrlich sonniger Morgen im August und gleich nach unserer Ankunft machten wir uns auf um den fantastischen Bau der Osloer Oper anzusehen. Schon bei der Einfahrt in den Hafen hat uns die Architektur dieses gläsernen Gebäudes – einem treibenden Eisberg nachempfunden, beeindruckt. Wir verbrachten mehrere Stunden in und auf diesem imposanten Bauwerk und nahmen schließlich unten in der Brasserie einen köstlichen Salat zu uns.

So köstlich, dass ich mir die Zutaten notiert hatte, um ihn zuhause nachmachen zu können:
• Oliven, Artischocken, getrocknete Tomaten,
• kleine Salami- und Käsewürfel,
• abgerundet mit etwas feinem Olivenöl.

Der Weg zu unserem Hotel war nicht weit und so gingen wir zu Fuß, luden unser Gepäck ab und während ich mich ein wenig ausruhte, wollte Ute ins Museum gehen. „Der Schrei" von Edward Munch hatte es ihr angetan. Das Bild im Original hätte ich mir auch gern angesehen, aber eine Pause war für mich dringender notwendig.

Enttäuscht kam Ute zurück. Ausgerechnet jetzt hatte das Museum wegen einer Umgestaltung geschlossen. Natürlich tat sie mir leid, doch war ich auch innerlich ein wenig getröstet, hatte ich dadurch doch nichts versäumt.

Am nächsten Morgen flogen wir mit dem Flugzeug bis hoch nach Kirkenes, wo wir Zeit hatten uns den kleinen Ort anzusehen. Hier gibt es eine hübsche kleine Kirche mit einem sehr gepflegten Friedhof.

Beeindruckend ist das Denkmal aus dem 2. Weltkrieg. Da dieser Ort nah an Russland grenzt, wurde er während des Krieges von 30.000 deutschen Soldaten besetzt. Es macht sehr betroffen zu wissen, dass hier vieles von uns Deutschen zerstört worden ist.

Abends genoss ich im hoteleigenen Pool ein erfrischendes Bad, während Ute weitere Erkundungen im Ort machte. Später erzählte sie mir leicht irritiert, dass es hier Unmengen von Ratten ohne Schwänze gab. Ohne Schwänze? Merkwürdig, solche Viecher hatte ich auch noch nie gesehen. Nachträglich stellte sich heraus, dass diese „Ratten" in Wirklichkeit Lemminge waren.

Nach dieser Nacht im Hotel sollte unsere Reise richtig losgehen. Ein kleiner Bus holte uns und einige weitere Gäste ab und brachte uns zum Hafen. Da lag sie nun vor uns, die MS LOFOTEN. Es handelte sich um das zweitälteste Schiff der Reederei Hurtigruten. Wir hatten dieses Schiff ganz bewusst gewählt, denn wir wollten die möglichst echte, ursprüngliche Postroute erleben, die so typisch für Norwegen ist. Es ist nicht zu vergleichen mit den modernen Luxuslinern, die mit ihren „Plastikwänden" jedem Fahrgast möglichst viel Komfort bieten und mit denen eine größtmögliche Anzahl an Touristen befördert wird. Die MS LOFOTEN war noch gute alte Wertarbeit, mit Platz für 300 Passagiere.

Gleich als erstes wurden die Kabinen vergeben. Harald, der Schiffssteward und Reiseleiter, verteilte die Schlüssel. Es ging in alphabetischer Reihenfolge und da Utes Nachname mit einem G anfängt, erhielt sie ihren vor mir und konnte den anderen Gästen nach links folgen. Endlich war ich an der Reihe, aber anstatt mir einen Schlüssel zu geben, sollte ich warten und Harald rief einen Mann von der Crew herbei. Seltsam, wir wandten uns in die entgegengesetzte Richtung. Es ging einen längeren Gang an der äußeren Seite des Schiffs entlang. Dort am Ende kamen wir an eine Tür zu einem kleinen Vorflur. Wir gingen durch eine zweite Tür und standen in einer Art Wohnzimmer. Gleich vorn in der linken Ecke befand sich ein Schreibtisch und rechts auf der gegenüberliegenden Seite eine gemütliche Sitzgruppe mit einem Sofa, zwei Sesseln und einem ovalen Couchtisch. Über alledem hing ein riesengroßer „Fernseher", der anzeigte, wo unser Schiff sich gerade befand. Fragend schaute ich den Mann an, als er mir die Schlüssel für diese Wohnung gab. Ja, ich nenne es Wohnung, denn hinter der einen Tür befand sich ein kleines Schlafzimmer mit einem breiten Futonbett und hinter der zweiten Tür eine Dusche mit Waschbecken und Toilette.

Dieses Luxusgemach sollte tatsächlich für die kommende Woche meine Bleibe werden. Es stellte sich heraus, dass die für mich vorgesehene Kabine einen Wasserschaden hatte. Der Käpt'n hatte mir doch tatsächlich seine Suite zur Verfügung gestellt, was für mich eine tolle Zugabe zu unserer Traumreise war. Utes Kabäuschen war dagegen ein winziges Loch. Aber sie war zufrieden mit dem was sie hatte. Sie nannte mich nun nur noch Sweety, oder sollte ich „Suity" schreiben?

Unsere Fahrt an Norwegens Küste entlang war ein Traum! Doch da diese Erzählung keine Werbebroschüre für Hurtigruten werden soll, werde ich nicht über alle vierunddreißig Häfen, die angefahren wurden, berichten.

Wir sind nicht in jedem Hafen von Bord gegangen, auch weil ein paar davon nachts angelaufen wurden.

In Tromsoe hörten wir uns das Mitternachtskonzert in der „Eiskirche" an, was leider sehr enttäuschend war. Lustig war es im Trollfjord. Dort bestiegen wir ein kleineres Schiff von dem aus wir zusehen wollten, wie die Adler gefüttert wurden. Nun ja, die Adler kamen tatsächlich und schnappten sich die Fleischstücke, die ihnen zugeworfen wurden. Die Vögel waren so wahnsinnig flink, dass ich nicht ein Foto von ihnen schießen konnte. Natürlich begleiteten uns auch viele Möwen, die lauerten um sich ebenfalls ein paar Leckerbissen schnappen zu können. Und wenn man bedenkt, wie oft hier täglich ein Hurtigrutenschiff kommt und wie häufig so eine Fütterung stattfindet, verwundert es nicht, dass die Möwen hier ganz besonders fett sind.

Nur den kleinen Ort Molde, die Stadt der Rosen, will ich noch erwähnen. Hier haben Ute und ich an einer Demonstration junger Leute teilgenommen. Es war kurz nach dem furchtbaren Bombenanschlag in Oslo und der Schießerei auf der Insel Utoeya durch den Rechtsextremisten Anders Breivik. Angenehm überrascht waren wir, dass nicht gegen Gewalt und Terror sondern für die Freundschaft demonstriert wurde. Die ganze Veranstaltung war sehr anrührend. Dieses Demonstrieren für und nicht gegen etwas war uns auch schon in Oslo aufgefallen, wo zum gleichen Thema demonstriert worden war.

Weiter ging es bis nach Bergen, wo wir das Schiff endgültig verließen. Für die Nacht hatten wir ein Hotel gebucht, aber vorher war noch Zeit die Stadt anzusehen. Natürlich haben wir uns die Fahrt mit der Floeibahn, der Berg-Seilbahn, nicht entgehen lassen. Oben auf dem 320 m über dem Meeresspiegel gelegenen Berg Floeyen hatten wir einen grandiosen Blick über die ganze Stadt Bergen.

Jetzt fehlte uns nur noch eine letzte gemeinsame Zugfahrt, die uns am nächsten Tag von Bergen zurück nach Oslo brachte. Hier bestiegen wir die Fähre MS NILS HOLGERSSON, mit der es bis Kiel ging. Zuletzt fuhr Ute mit dem Zug bis Berlin und ich zurück nach Lübeck.

STERNE AM HIMMELSZELT

Ich gehe hinaus in die Nacht hinein
und schaue hinauf und sehe die Sterne.
Zu mir kommt herab der Lichterschein
von ganz oben aus weiter Ferne.

Es ist Illusion dort am Himmelszelt,
denn viele Sterne sind schon gegangen.
Was wir hier sehen auf unserer Welt,
ist nur das Licht, das wir noch empfangen.

HEISSWECKEN

Als ich noch in Flensburg wohnte gehörten für mich in der Vorweihnachtszeit immer Heißwecken dazu. In der Backröhre aufgewärmt, schmeckten sie nicht nur köstlich, sie erfüllten auch die ganze Wohnung mit einem wundervollen Duft.

Nun war ich aber nach Bargteheide gezogen und mein geliebtes Gebäck gab es hier nicht. Jeden Winter bedauerte ich das sehr.

Aber dann, wer hätte das gedacht, ich stand gerade im Bäckerladen, um Brot zu kaufen, lagen doch tatsächlich meine lange vermissten Heißwecken in der Auslage des Verkaufstresens.
Ich verlangte direkt fünf Stück. Die Verkäuferin nahm eine Tüte und tat Milchbrötchen mit Rosinen hinein. „Entschuldigen Sie bitte", wand ich ein, „ich wollte gern die Heißwecken dort." Ich zeigte auf das gewünschte Gebäck. „Ach so", sagte die Verkäuferin, „ Sie meinen die Flensburger."

WOHL BEKOMM'S!

Es ist nun schon mehr als 50 Jahre her, als ich meine Freundin Dagmar in Wien besuchte. Wir hatten uns seinerzeit in England kennen gelernt, wo wir als Au-pair Mädchen tätig gewesen waren. Nun also wollte ich mit Dagmars Hilfe Wien kennen lernen. Man kann sich denken, dass die alte Kaiserstadt kulturell sehr viel zu bieten hat und Dagmar, die Mitglied des dortigen Museumsvereins war, wollte mir soviel wie möglich zeigen. Allerdings mussten wir genau abwägen, was wir unternehmen wollten, da unsere Vermögensverhältnisse, vorsichtig ausgedrückt, etwas begrenzt waren.

Nach einem wunderschönen Konzert wollten wir noch eine Kleinigkeit essen gehen. Dagmar suchte uns ein nettes Restaurant aus und bestellte für uns einmal die „größte Leber" und zwei Bestecke dazu. Dass wir uns die Mahlzeit teilen wollten, hat mich nicht überrascht, das war früher schon bei uns vorgekommen. Denke ich doch daran, wie wir einst in London hinter einem großen Gemälde in der Trade Galerie abwechselnd aus einer Metallschachtel Erbsensuppe geschlürft hatten. Allerdings wunderte es mich doch, dass wir eine Art geschmortes Lebergulasch serviert bekamen.

Es schmeckte gut, aber irgendwann konnte ich nicht anders, ich fragte Dagmar, wie denn wohl eine kleine Leber in Österreich aussehen würde. „Kleine Leber?" Dagmar guckte mich verständnislos an. „Na ja", sagte ich, „wenn dies die größte Leber war?" Dagmar guckte mich immer noch fragend an, dann aber brach sie in schallendes Gelächter aus. Sie hatte die ge rös tete Leber bestellt.

ACH SO

Jedes Jahr stelle ich bei uns in Lübeck auf dem Herbstmarkt der Hobbykünstler meine selbst angefertigten Märchenpüppchen aus. Der Markt findet im historischen Heiligengeist Hospital, eines der ältesten Sozialeinrichtungen der Welt, statt. Vorn in der großen Halle, wo früher Betten standen, haben jetzt Aussteller ihre Stände aufgebaut und in einem der so genannten Langhäuser beziehen weitere Aussteller kleine, vier Quadratmeter große Kabäuschen. Diese Kabäuschen wurden nachträglich eingebaut, als man das Hospital in ein Alten- und Pflegeheim umwandelte. Gleich einer Straße gibt es zu beiden Seiten des Langhauses Kabäuschen neben Kabäuschen. Zum Hobbymarkt beziehe ich immer die Nummer 55.

Damit Touristen und alle anderen Besucher schon beim Vorbeigehen meine angebotenen Werke sehen können, hänge ich einen Jutevorhang an die geöffnete Tür, an den ich dekorativ einige der Püppchen mit Stecknadeln befestige.

Letztes Jahr stand ein älterer Herr eine ganze Weile vor der Tür. Ich steckte meinen Kopf aus der Tür und sagte: „Das sind alles Wesen aus den Märchen der Brüder Grimm." „Ja, weiß ich doch", antwortet er trotzig, „das da", er zeigt auf ein bärtiges Männlein, „das ist Räuber Hotzenplotz."

MINKA

Unsere kleine griechische Landschildkröte hieß Minka. Minkas Behausung war eine Holzkiste, die eine Größe von etwa 50 x 40 cm hatte und 30 cm hoch war.

Jeden Tag ließen wir sie immer mal wieder durch die Wohnung laufen – schneckenlangsam, versteht sich. Doch wenn wir sie mit kleinen Hackbällchen oder frischen Salatblättern lockten, entwickelte Minka geradezu blitzartige Fähigkeiten. Vor lauter Eifer hinterließ sie zu meinem Entsetzen auch manches Mal eine kleine, dunkelgrüne Spur auf unserem hellen Teppich. Ich hatte dann meine liebe Not mit der Beseitigung dieser Fährte.

Im Sommer durfte Minka sich auf dem Balkon aufhalten. Einmal hatte sie sich zur Ruhe begeben. Der Kopf, die Beine und das Schwänzchen hatte sie unter ihrem Schild eingezogen.

Mein kleiner Sohn, Thomas, nahm das Tier in seine Hände und im letzten Moment konnte ich verhindern, wie er in das ,Brötchen' hinein beißen wollte.

EINE MÜTZE FÜR LILI

~

Blicke ich hinüber zu meinem Nachtisch, guckt mich mahnend mein Strickzeug an.

Meine Tochter Judith hatte mir geschrieben, dass ihr eine bestimmte Mütze ganz besonders gut gefallen würde, sie aber nicht gewillt war, dafür 32,00 Euro auszugeben. Zu meinem besseren Verständnis lag eine Abbildung einer Kindermütze dabei.

„Ich denke, du kannst doch mindestens genau so gut so ein Ding stricken. Lili hat einen Kopfumfang von bummelig 52 cm, " schloss sie ihren Brief. „Ach ja, und danke Mama!"

Nun denn, dachte ich bei mir, während der viereinhalb- stündigen Zugfahrt bis Westerland könnte ich tatsächlich stricken. Immer nur lesen strengt ja auch an.

Also lief ich einen Tag vor der Abreise los und kaufte Wolle. Passend zu Lilis Mantel wählte ich die Farben Petrol und Brombeere.

Abends nahm ich schon mal Maschen für das Bündchen auf: ganz nach Gutdünken, Pi mal Daumen achtzig Maschen und eins rechts, eins links im Brombeerton für den Rand. Dann wechselte ich auf Petrol. Vor dem Schlafengehen war das Bündchen fertig. Ich suchte noch zusätzlich eine zweite Rundnadel und packte alles mit samt der Wolle in eine Tüte.

Gleich im Zug fing ich an zu stricken. Jetzt wählte ich die brombeerfarbige Wolle. Damit das Muster schön plastisch hervorkommt nahm ich den Faden doppelt und schlug zusätzlich rundherum verteilt, weitere zehn Maschen auf.

Es ging bei dieser Mütze optisch um die linken, die krausen Maschen. Ich strickte also abwechselnd eine Reihe glatt rechts und eine Reihe links. Das Krause trat reliefartig wunderbar hervor, denn die Reihen mit den glatten Maschen wurden regelrecht verschluckt. Für eine sichtbare Reihe musste ich also zwei Reihen stricken.

Okay, ich hatte ja Zeit.
Also strickte und strickte ich. Bis Ankunft in Westerland waren es immerhin zwanzig sichtbare Reihen, aber bevor ich mit dem Abnehmen beginnen konnte, müssten noch mindestens acht Reihen hinzukommen.

Oje, es war kaum noch Wolle da!

In meinem Häuschen verteilte ich die Maschen auf zwei Rundnadeln und probierte so vorsichtig mein Werk selbst einmal auf.

Das Bündchen war in Ordnung, aber der Rest ...! Das ging nun wirklich überhaupt nicht! Die Mütze war selbst mir viel zu weit!

Kurz entschlossen ribbelte ich das Gestrickte bis zum Bündchen wieder auf und setzte mit der Brombeerwolle noch einmal an.

Dieses Mal ohne zusätzlich Maschen aufzunehmen, doch wieder mit dem doppelten Faden.

Ehrlich gesagt, irgendwie ist mir hier überhaupt nicht nach Stricken zu Mute. Aber ich zwinge mich, jeden Tag zwei sichtbare, also vier Reihen zu schaffen. Zwölf Reihen – sichtbare, versteht sich – sind schon fertig.

Ich fürchte allerdings, dass die Mütze für Lili immer noch zu weit werden wird. Doch ich stricke weiter, jeden Tag zwei sichtbare, also vier reale Reihen.

Die Mütze wird sehr gut zu meiner Winterjacke passen.

ES WAR WIE EIN SPIEL

~

Ich liege hier in Klappholttal in meinem Häuschen im mollig warmen Bettchen. Draußen tobt der Sturm, doch hier ist Stille.

Als ich am Morgen erwachte, waren meine Gedanken noch bei meinem nächtlichen Traum:

Ich wandle in einem großen, verwilderten Garten. Blumenduft empfängt mich auf allen Wegen. Unter einem herabhängenden Haselstrauch setze ich mich auf eine Bank. Ein Schmetterling umkreist meinen Kopf und landet mit großer Gelassenheit auf meiner Hand. Dann erhebt er sich, fliegt wieder um meinen Kopf herum und setzt sich erneut auf meine Hand. Das wiederholte sich ein paar Mal. Es war wie ein Spiel. Vielleicht wollte er mir etwas erzählen, aber ich konnte ihn leider nicht verstehen. Mit großer Wachsamkeit beobachtete ich das Tun dieses Tieres. Plötzlich vernahm ich ein Brummen, das immer näher kam. Ein dicker Käfer kam mit lautem Getöse auf uns zu. Mein Schmetterling flog fort. Ich schlug die Augen auf und draußen tobte der Sturm.

KONRAD

Ab Spätherbst behänge ich meinen Rosenbogen mit allerlei Vogelfutter, mit Meisenringen und –knödeln, sowie jeder Menge Säckchen voller Erdnüsse. Oftmals ist vom letzten Sommer noch ein Samenteller einer Sonnenblume übrig, den ich auch mit aufhänge. Dort wo meine Terrasse überdacht ist, streue ich zusätzlich Vogelfutter auf eine kleine Holzplatte.

Viele hungrige Gäste kommen mich täglich besuchen. Meisen, Amseln, zwei Eichelhäher und natürlich Scharen von Spatzen

Eine Amsel kommt nun schon das dritte Jahr. Zwar kenne ich nicht die Lebensdauer dieser Vögel, doch dass es sich immer um meinen Amselmann, wie ich ihn nenne, handelt, ist sicher. Er hat eine Besonderheit: Sein Körper ist schwarz, doch die Schwanzfedern sind schneeweiß. Es ist eine Laune der Natur, die ihm das Leben schwer zu machen scheint. Ständig wird er von seinen Mitgesellen vertrieben. Ab und zu bekommt er deshalb von mir eine Extrawurst in Form von Rosinen.

Ja, und dann ist da noch Konrad. Konrad ist ein Eichhörnchen, das auf einem Baum des gegenüberliegenden Friedhofs wohnt. Auch er schätzt die Leckerbissen meines Rosenbogens.

Seit einiger Zeit hat er das Futter, das an meiner Blumenampel hängt, entdeckt. Damit die Ampel nicht bei Frost zerspringt, habe ich sie mit Zeitungspapier voll gestopft und mit Plastik abgedeckt. So als wollte er brüten setzt Konrad sich nun fast täglich auf die Ampel, hangelt sich einen der herunterhängenden Erdnussbeutel hoch, nimmt ihn zwischen die Vorderpfoten und klaubt sich mit den Zähnen genüsslich eine Nuss nach der anderen aus dem Netz heraus.

Meine vielen Versuche, ihn dabei vor das Objektiv meiner Kamera zu kriegen, schlugen fehl. Sobald Konrad mich bemerkt, springt er mit einem Satz gegen die Hauswand und - haste nich gesehn – blitzschnell die Fassade hoch.

Nun bleibt Konrad weg. Eine Nachbarin im Obergeschoß hat vergessen ihre Regentonne abzudecken. Konrad ist hineingefallen und gefangen in der Tonne musste er ertrinken.

Der Verlust hat mich sehr traurig gemacht.

In meinem Schlafzimmer habe ich mir eine kleine Nische für einen Tisch mit meinem Computer eingerichtet. Von dort führt eine Tür zu einer Art Miniterrasse, die an der Frontseite durch eine Holzpalisade abgeschlossen ist.

Ich beantworte gerade eine E-Mail, als mich ein Knacken und Rascheln aufblicken lässt. Auf einem der Stützpfosten der Palisade hockt doch tatsächlich ein Eichhörnchen und guckt mich mit seinen schwarzen Knopfaugen an.

Konrad!? Für mich ist es Konrad!

NUR NICHT AUFGEBEN!

Das Leben bringt dir Steine dann und wann.
Ein Traum ist da und stimmt dich heiter!
Vergessen sind die Sorgen dann
und du machst tapfer weiter.

Vermiest dir einer dann den Traum
und glaubt nicht, dass dir was gelingt.
Dann bleibe standhaft wie ein Baum
und sieh', es bald dir Früchte bringt.

DIE TRÄUME MEINES VATERS

Ganz selten hat uns mein Vater etwas aus seiner eigenen Kindheit erzählt. Nur wie furchtbar es zum Beispiel für ihn war, wenn er morgens bevor er in die Schule ging, zu fremden Leuten zum Frühstücken gehen musste.

Er war das älteste von fünf Kindern, wobei der kleine Karl schon kurz nach der Geburt gestorben war. Nun waren sie zu viert, drei Jungen und ein Mädchen, genau wie es jetzt bei uns ist. Ich habe auch drei Brüder.

Oft hat sich seine Mutter bei ihm ausgeweint, was ihn wohl sehr belastet hatte. Warum sie geweint hat, weiß ich natürlich nicht, aber ich denke mir, wohl weil die Familie so arm war und sie oftmals nicht wusste, wie sie den Hunger ihrer Kinder stillen sollte.

Schlimm war es auch für ihn, dass sein Vater allen Jungen immer wieder die Köpfe kahl scherte, so konnte der Gang zum Friseur eingespart werden. Mein Vater war glücklich, wenn seine Haare nachwuchsen und sich eine zart sichtbare Matte auf dem Kopf bildete. Doch dann kam ratzfatz der Vater mit dem Rasierer und schon war die Pracht wieder verschwunden.

Seine Mutter starb an Krebs als er siebzehn Jahre alt war. Sie hatte die Familie zusammengehalten und nun war sie nicht mehr da. Mein Vater war Jahrgang 1911 und die Zeiten damals waren ganz allgemein sehr schwer. Nach Ende des 1. Weltkrieges war die Arbeitslosigkeit sehr hoch. Für junge Leute war es kaum möglich, sich ihre eigenen Berufswünsche zu erfüllen. Mein Vater machte eine Lehre als einfacher Maler. Gern wäre er Bühnenbildner eines Theaters geworden, doch daran war natürlich überhaupt nicht zu denken, dafür hätte er ein Kunststudium absolvieren müssen. Stattdessen ging es um das reine Geldverdienen, um den Lebensunterhalt bestreiten zu können. Ich nehme mal an, dass er sich deshalb immer tiefer in seine Träume flüchtete.

Träume und besondere Wünsche hatte er sein Leben lang, aber er hatte später als erwachsener Mann auch eine Familie, eine sechsköpfige Familie, die ernährt werden musste. Als mein Vater zu Beginn seiner Ehe arbeitslos wurde, weil der Malerbetrieb bei dem er angestellt war Insolvenz anmelden musste, bot sich die Gelegenheit bei der Deutschen Reichsbahn angestellt zu werden. Auch wenn das Gehalt anfangs sehr gering war, hatte er zumindest einen sicheren Job. Über die Zeit ergaben sich für ihn Aufstiegschancen und er wurde verbeamtet.

Meine Mutter war meinem Vater treu ergeben. Sie lebte, so wie es wohl viele Frauen in den 1930er Jahren taten, nach dem Gesetz der Bibel: „Das Weib sei dem Manne untertan". Sie führte den Haushalt, kümmerte sich um die Kinder und war bemüht, meinem Vater das Leben so angenehm wie möglich zu machen. Trotz vieler Entbehrungen versuchte sie, ihm jeden Wunsch zu erfüllen.

Er malte gern und hatte sich dafür selbst eine Staffelei getischlert, und obwohl das Geld immer sehr knapp bei uns war, sorgte meine Mutter dafür, dass er immer ausreichend Ölfarbe und Pinsel hatte. Er konnte seine Kreativität so gut es ging ausleben, indem er zum Beispiel die Decke unseres doch sehr kleinen Wohnzimmers mit riesigen Ornamenten schmückte. Es gab keine Wand in der Wohnung, die nicht mit seinen Bildern dekoriert waren. Unseren ganzen Flur hatte er „vertäfelt", oder besser gesagt, er hatte die Wände so bemalt, als wären sie vertäfelt.

Auch tauschte meine Mutter für ihn von irgendwoher ein Akkordeon ein. Zuerst hatte sie ein etwas kleineres Instrument für ihn ergattert, das mein ältester Bruder bekam, nachdem sie meinem Vater später ein größeres schenkte. Ob nun zu Weihnachten oder zu seinen Geburtstagen, meine Mutter schaffte es immer, ihm seine Wünsche zu erfüllen. Manchmal waren es für unsere Verhältnisse richtig große Geschenke, manchmal etwas kleinere, wie zum Beispiel eine Mundharmonika oder auch eine Chromonica.

Überhaupt waren meine Eltern beide sehr kreativ, so dass es auch für uns Kinder zu den Weihnachtsfesten nie an Geschenken mangelte. Spontan fallen mir da ein selbst gebautes Schaukelpferd sowie ein stehendes Pferd ein, beide natürlich schön von meinem Vater angemalt. Es gab ein Marionettentheater und Roller mit unseren Namen drauf. Selbst gestrickte Pullover, genähte Hosen für meine Brüder und für mich ein Kleid aus Bettinlettstoff, sogar einen Mantel aus einer Wolldecke und immer wieder Puppenzeug.

Aber zurück zu den Wünschen meines Vaters. Er war ein starker Raucher und meine Mutter ließ es zu, dass er unsere ganze Küche netzartig mit einer Wäscheleine bespannte, um die Blätter seiner selbst gezüchteten Tabakpflanzen zum Trocknen aufzuhängen. Die trocknenden Blätter brachten natürlich viel Dreck, den meine Mutter jeden Tag schweigend beseitigte.

Dies und noch vieles mehr machte meine Mutter möglich, weil sie meinen Vater liebte. Aber war es wirklich Liebe oder war es ihr Pflichtbewusstsein dem Ernährer ihrer Kinder und ihrem Herrn und Gebieter gegenüber? Ich zweifle ein bisschen. Ich weiß nur, dass meine Mutter sehr unzufrieden war und mit ihrem Schicksal oft haderte.

Aufschlussreich sind die Tipps, die sie mir immer wieder fürs Leben gab: „Lass dich bloß nie mit einem Mann ein", „die Männer sind alle schlecht", „heirate bloß nie", und so fort. Deshalb vielleicht brauchte sie so etwas wie einen Prügelknaben, einen Sündenbock oder wie immer man das nennen mag. Ihre drei Söhne allerdings konnten dafür nicht herhalten, sie hatten auch verwöhnt und bedient zu werden – so hatte sie es gelernt.

Meine Mutter gab viel auf die Meinung, genauer gesagt, auf das Gerede der Nachbarn. Dringend hätten wir zum Beispiel mal neue Bettwäsche gebraucht, aber dafür war kein Geld vorhanden. Stattdessen mussten die alten Bezüge immer wieder geflickt werden. Wenn diese dann draußen an der Leine hingen, war ihr das unsagbar peinlich. Auch darüber hat sie mit mir öfter gesprochen.

Sehr häufig brodelte es wohl in ihr, aber meinem Vater die Meinung zu sagen oder ihm zu erzählen was sie bedrückte, das wäre ihr unmöglich gewesen.

Leider war ich dann dieses „Fass", das für alles herhalten musste, in das sie alles Störende, Lästige, was sie nicht ertragen konnte, hineinwarf. Manchmal war es geradezu grotesk, wofür ich die Schuld bekam. Immer wieder schwärzte sie mich bei meinem Vater an. Und da mein Vater ein grundehrlicher Mensch war und vielleicht auch ziemlich gutgläubig und denkfaul in dieser Beziehung, wäre er nie auf die Idee gekommen, dass das was meine Mutter ihm über mich erzählte, nicht wahr sein konnte. Mit mir persönlich hat er darüber nie geredet. Und so kam es, dass ich dank meiner Mutter in den Augen meines Vaters ein gefühlloser und ausgesprochen kaltschnäuziger, egoistischer Mensch war.

Aber, was soll's, Schwamm drüber! Meine Mutter brauchte damals jemanden, bei dem sie sich abreagieren konnte, bei dem sie alles abladen konnte, damit sie selber besser dastand. Sie wollte geachtet werden, wollte die Beste sein und eigentlich wollte sie verwöhnt und vor allem wollte sie anerkannt werden. Außerdem neigte sie sehr zur Eifersucht, deswegen ließ sie ein Gespräch zwischen meinem Vater und mir nie zu. Stattdessen pflegte sie bei solchen Gelegenheiten immer zu sagen: „Ich werde mit deinem Vater reden".

Aber über mich wollte ich eigentlich nicht berichten. In meiner Kindheit habe ich viel gelitten, das ist zum Glück schon lange vorbei und ich habe ihr verziehen. Es war nicht richtig, was sie mit mir gemacht hat, doch ich denke, ich weiß weshalb sie so war wie sie nun mal war. Heute ist mir klar, dass sie mit ihrer Situation total überfordert war. Das ganze Leben spielte sich damals in einer absoluten Ausnahmezeit ab. Der zweite Weltkrieg brach gleich nach meiner Geburt aus und in den ersten zehn Jahren nach Kriegsende hatten es die Menschen auch nicht gerade leichter.

Ich bin sicher, auch mein Vater hat Jahre später seine Meinung über mich revidiert.

Nun aber zurück zu meinem Vater: Seinen allergrößten Traum erfüllte er sich kurz nach Ende des Krieges selbst: eine Segelyacht. Es war keineswegs eine Luxusyacht, die er ergattert hatte. Es handelte sich vielmehr um ein ehemaliges Rettungsboot der Bundesmarine, das zu einem Segelboot mit Vorbauten und Kajüte umfunktioniert worden war. Erschwinglich war es nur, weil dieses Boot mehrere Jahre unter Wasser gelegen hatte.

Nun hatte mein Vater es für wenig Geld erworben und es lag auf dem Hof neben unserem Schuppen. Jede freie Minute arbeitete er daran. Natürlich musste viel Geld in dieses alte Wrack gesteckt werden, ehe es wieder schwimmfähig war und so vergingen mehrere Jahre bis dahin. Irgendwann war es soweit, die kleine Yacht hatte sich zu einem Schmuckstück gemausert, wurde zum Olympiahafen in Kiel gebracht und zu Wasser gelassen.

Wann immer mein Vater keinen Dienst hatte und wir Kinder keine Schule gingen wir den weiten Weg zu Fuß bis zum Olympiahafen um zu Segeln. Neben all den Luxusyachten wirkte das kleine sechs Meter lange Schiff wie eine Nussschale. Aber mein Vater hatte sich seinen Traum so gut es ging erfüllt und meine Mutter hielt zu ihm. Wenn wir segelten lag das Boot bei Wind natürlich schief und sie hatte Angst, das war sogar uns Kindern aufgefallen.

Bald schon durfte mein größerer Bruder und später auch der etwas kleinere beim An- und Ablegen helfen. Ich durfte das natürlich nicht, ich war ja ein Mädchen. Stattdessen musste ich bei jedem Manöver in die Kajüte unter Deck, was mir überhaupt nicht gefiel. Aber ich durfte bei unseren Ausflügen meistens vorne am Bug des Schiffes sitzen, was toll war.

Ein Törn ist mir besonders im Gedächtnis geblieben.

Es war Anfang Juli, wir Kinder hatten Ferien und mein Vater Urlaub. Nun sollte es richtig losgehen. Unser Segeltörn war für mehrere Tage geplant. Tage vorher wurden Lebensmittel hingeschafft und ein großer Sack prall gefüllt mit Heu. Unser Ziel war der Ort Strande, der direkt an der Mündung der Kieler Außenförde liegt. Bis zum Abend wollten wir dort sein, nur leider gab es am späten Nachmittag eine große Flaute und da das Schiff natürlich keinen Motor hatte, dümpelten wir nur langsam dahin. Mein Vater und mein Bruder Peter paddelten eifrig mit irgendwelchen Latten. Ob diese extra für diesen Zweck mitgenommen worden waren, kann ich nicht sagen. Wir kamen voran – aber gaaanz langsam

Es war schon sehr spät als wir den Ort Strande endlich erreichten. An Land wurde noch schnell ein Platz für das kleine Zweimannzelt gefunden. Es war ein guter Platz, direkt am Strand, geschützt in einer kleinen Mulde. Das Zelt war wichtig, denn sechs Personen konnten wirklich nicht in der kleinen Yacht schlafen. Meine Mutter und ich sollten zusammen mit Bobby, meinem einjährigern Bruder, in dem Zelt übernachten.

Mein Vater wollte mit meinen anderen Brüdern, Peter und Hans, an Bord bleiben. Der große Heusack wurde in der Kajüte direkt zwischen die beiden Sitzbänke gelegt. So entstand eine Liegewiese, auf die sich die Drei zum Schlafen legten.

In unserm Zelt war es ziemlich eng. Baby-Bobby lag in unserer Mitte und war schon bald eingeschlafen. Ich lag noch eine ganz Weile wach und lauschte dem Donnergrollen, das aus weiter Ferne zu uns herüber drang. Irgendwann bin ich wohl eingeschlafen.

Ich erwachte, weil sich mein Rücken kalt anfühlte. Auch meine Mutter war wach und versuchte Bobby mit einem Handtuch abzudecken. Als ich mich aufrichtete, stieß mein Kopf gegen die Zeltwand. Oje, nun tropfte Wasser auf mich herab. Mein Rücken war deshalb nass, weil seitlich Wasser in unser Zelt eingedrungen war. Jetzt erst bemerkte ich, dass es draußen in Strömen regnete und sobald einer von uns gegen die Zeltwand stieß, floss noch mehr Wasser ins Innere. Es war fürchterlich! Bobby erwachte und fing an zu weinen.

Ich glaube, dies war der Moment, als meine Mutter die Nase gestrichen voll hatte. Es muss morgens so gegen 5:00 Uhr gewesen sein, als wir Drei mit dem ersten Bus zurück nach Kiel fuhren. Zuhause haben wir erst einmal trockene Kleidung angezogen und gefrühstückt.

Der Regen hatte aufgehört, es schien wieder ein herrlicher Sommertag zu werden. Meine Mutter und ich gingen in unseren kleinen Gemüsegarten. Sie grub neue Kartoffeln aus und ich pflücke Brechbohnen. Sie schien wieder versöhnt mit der Welt zu sein, denn jetzt war sie wieder in ihrem Element. Während wir beide die Bohnen schnippelten, sangen wir ein Lied. Kartoffeln und Bohnen wurden gekocht und vermengt und mit einem Klacks Butter und Petersilie verfeinert. Mit dieser Mahlzeit bestückt fuhren wir mit dem Bus zurück nach Strande. Mein Vater und die Jungen freuten sich über unser Kommen und ganz besonders über das Mittagessen.

Die drei Männer hatten während unserer Abwesenheit die Gegend erkundet, Klarschiff gemacht und Hans war ins Wasser gefallen. Zum Glück hatte Peter ihn bemerkt und mein Vater konnte ihn am Schopf packen und aus dem Wasser ziehen. Das war schon ein bisschen aufregend, denn Schwimmwesten hatten wir natürlich nicht. Wir mussten eben aufpassen, wenn wir auf dem Schiff hin- und herkletterten. Für einen Sechsjährigen war das natürlich nicht immer so ganz einfach.

Nach einer kurzen Mittagspause legten wir ab und segelten zurück in Richtung Heimathafen. Der Wind stand gut, sodass wir nicht allzu spät am Abend ankamen.

Der Ausflug nach Strande war mein größtes Abenteuer mit dem Segelboot. Für meine Eltern und Brüder gab es danach noch viele. Jahre später bekam mein Vater ein größeres Boot, eine richtig komfortable Yacht, mit allem was zu einer guten Ausrüstung dazugehört. Ich selbst bin allerdings nur noch selten mitgesegelt.

Ich glaube der größte Traum meines Vaters hatte sich erfüllt. Okay, einmal die Welt zu umsegeln hat er nie geschafft, aber daran hat er vermutlich nie wirklich geglaubt.

ST. MICHAELIS

In der Vorweihnachtszeit besuchten mein Mann und ich ein Konzert in der St. Michaeliskirche in Hamburg. Wir hörten das Weihnachtsoratorium von Johann Sebastian Bach.

Während einer großen Pause, innerlich angefüllt mit Musik, gingen wir nach draußen auf den Vorplatz.

Der Himmel war verhangen. Eine dunkle Wolke wölbte sich tief über uns und auf dieser Wolke zeichnete sich der Schatten der Kirche in voller Größe noch einmal ab.

Dieser Anblick hat mich seltsam berührt. Mir war, als kämen die Klänge der Musik vom Himmel direkt zu mir herunter.

EIN ERHEBENDER ABEND

~

Eines Nachmittags, ich saß, wie üblich, auf meiner Terrasse und friemelte an meinen Märchenpüppchen herum, wurde mir plötzlich bewusst, dass ich seit Langem so gut wie nichts anderes mehr gemacht habe. Ich bin weder im Kino, noch in einem Konzert und schon gar nicht in der Oper oder sonst zu einer Veranstaltung gegangen.

„Jetzt ist aber Schluss damit, ihr Püppchen", sagte ich, „ihr müsst jetzt mal ohne mich auskommen, denn ich muss unbedingt mal wieder und möglichst heute noch, was unternehmen." Ich packte die Puppen zu den anderen in eine Schachtel, googelte die Veranstaltungstipps, machte mich frisch und fuhr mit dem Bus direkt vor die Tür unseres Theaters. Die bittersüße Oper „Madame Butterfly" stand auf dem Spielplan. Zehn Minuten vor Beginn der Vorstellung erreichte ich das Theater. Da gerade ein Fußballspiel für die Weltmeisterschaft im Fernsehen lief, hoffte ich sehr, mit etwas Glück noch eine Karte zu bekommen.

Und richtig, ich bekam sogar einen sehr guten Platz zum halben Preis.

So einen genussvollen Abend hatte ich schon lange nicht mehr erlebt. Ich habe mir fest vorgenommen, mir häufiger derartige Spontanaktionen zu gönnen.

VERIRRT

„Leise zieht durch mein Gemüt, liebliches Geläute." Der Morgenchor hier in Klappholttal hat wieder wunderschön gesungen. Als Karin, die mitgesungen hatte, uns verriet, dass für heute eigentlich die „launische Forelle" von Schubert geplant war, was dann aber wohl nicht richtig klappen wollte, fiel mir gleich jener laue Sommerabend ein, als Eva, meine jüngste Tochter, und ich auf der Terrasse saßen und den Klängen des Forellenquintetts lauschten.

Bestimmt hatte das Fischlein unseren Unternehmungsgeist geweckt, denn plötzlich kam uns der Gedanke, einfach mal kurz mit dem Fahrrad loszuradeln. Gesagt – getan! Wir schnappten uns unsere Räder und los ging es. Wie schön das war! Natur von allen Seiten! Grillen zirpten. Wir radelten immer weiter und weiter über Feldwege, durch einen kleinen Bauernwald und wieder Feldwege entlang.

Es begann schon zu dunkeln. Ein Auto überholte uns langsam. Seltsam – ein Auto hier in der Feldmark? Ich hatte noch nicht zu Ende gedacht, da kam es zurück und bald darauf fuhr es wieder an uns vorbei. Mir wurde ganz mulmig zu Mute. „Nur Eva gegenüber nichts anmerken lassen", sagte ich mir.

Wo waren wir eigentlich? Alles ringsum erschien mir fremd. Es wurde immer dunkler und ich hatte vorn am Rad kein Licht.

Wir traten fester in die Pedale. Endlich sahen wir in der Ferne die ersten Häuser einer Kleinstadt. In einem Kiosk brannte noch Licht. Hier erfuhren wir, wo wir gelandet waren. In meiner Hosentasche fand ich ein 50 Pfennig Stück, damit telefonierte ich nach Hause und erklärte meinem Mann unsere missliche Lage. Er zog sich schnell etwas über, denn er hatte sich schon schlafen gelegt, holte den Wagen aus der Garage und fuhr sofort los.

Das Warten erschien uns endlos lange zu dauern, aber irgendwann waren die Räder verstaut und wir saßen im Auto.

DAS GROSSE
RENNEN

⌒

Spaziergänge auf vorgegebenen Wegen empfinde ich oftmals als langweilig. Stattdessen laufe ich gern querfeldein direkt durch die Natur, ohne zu wissen, wo ich enden werde.

Schon oft hab ich das so gemacht und deshalb bin ich auch immer wieder in etwas heikle Situationen geraten.

Einmal, zum Beispiel, pilgerte ich bei schönstem Sonnenschein über Wiesen und Felder. Ich durchstreifte einen kleinen Bauernwald und musste einen Bach überspringen. Die nassen Füße, die ich mir dabei holte, ignorierte ich. Bald stand ich vor einem Maisfeld. Um die noch jungen Pflanzen nicht zu zertreten, suchte ich mir den Rand des Maisfeldes und lief dort entlang.

Das Feld grenzte an einer riesengroßen Koppel. An der gegenüberliegenden Seite dieser Koppel vermutete ich einen Feldweg, der mich zurück zur Zivilisation führen würde. Also lief ich wieder querfeldein. Plötzlich bemerkte ich, dass ich hier nicht alleine war. Etwa zwanzig Kühe oder mehr setzten sich geschlossen in Bewegung und kamen auf mich zu. Ich ging etwas schneller und auch die Kühe erhöhten ihr Tempo. Nun begann ich zu laufen und die Tiere kamen hinterher. Ich lief schneller und schneller. Das Gatter auf der anderen Seite musste ich unbedingt erreichen.

Nun waren es nur noch etwa zehn Meter bis zu meinem Ziel. Hinter mir hörte ich das Trampeln der Kühe. Mein Herz klopfte mir bis zum Hals.

Endlich, völlig außer Atem und mit heftigen Seitenstichen erreichte ich das Gatter.

Just in diesem Moment, als ich das Tor öffnen wollte, blieb die ganze Herde wie auf Kommando stehen und glotzte mich an.

Ich konnte in aller Ruhe das Tor öffnen und wieder schließen. Absolut nichts passierte. Die Tiere standen immer noch wie angewurzelt da und blickten mir nach.

Mein Herz klopfte noch lange während ich auf dem Feldweg nach Hause ging.

DIE ABKÜRZUNG

Es war Sonntag und in dem Kurhaus, in dem ich mich momentan aufhielt, fanden heute keine Anwendungen statt. Also zog ich mir meine festen Schnürschuhe an, schlüpfte in meinen Anorak und stiefelte los in den Wald hinein, der direkt an dem Gebäude angrenzte.

Ein würziger Duft von Moos und Pilzen empfing mich. Das Laub raschelte unter meinen Füßen und Sonnenstrahlen, die schräg durch die schon fast kahlen Bäume fielen, tauchten den ganzen Wald in ein goldenes Licht. Es war ein wunderschöner Herbsttag.

Ich lief weiter und weiter, die kleinen Hügel hinauf und hinunter. Zu meiner linken Seite plätscherte ein Bächlein, das sich quer durch den Wald hindurch seinen Weg gebahnt hat.

Erschrocken hielt ich plötzlich inne. Ein Blick auf die Uhr zeigte mir, dass die Mittagszeit in dem Kurhaus schon fast vorüber war. Wo war die Zeit geblieben? Wenn ich also noch Essen abbekommen wollte, musste ich flugs umkehren.

Jetzt wurde mir bewusst, wie weit ich mich vom Haus entfernt hatte. Allerdings stimmte das nicht so ganz, es befand sich nämlich nur knapp hundert Meter von mir entfernt. Ich bräuchte nur quer hinüber zu laufen, wenn nicht, ja wenn mich nicht ein etwa drei Meter hoher Maschendrahtzaun daran hindern würde.

Sollte ich nun wirklich den ganzen Weg, den ich gekommen war, wieder zurückgehen? Ich zögerte, denn das wäre doch ein riesengroßer Umweg. Unschlüssig und suchend guckte ich mich um und lief ein kleines Stück direkt an dem Zaun entlang. Tatsächlich entdeckte ich gleich hinter einem Busch eine Stelle, an der der Zaun heruntergedrückt worden war. Kurz entschlossen kletterte ich hinüber und lief los. Der Boden war seltsam weich ganz anders als der übrige Waldboden. Mit einem kleinen Sprung erreichte ich festeren Boden – so glaubte ich. Stattdessen saß ich fest. Ich war mit beiden Füßen in eine Art Morast eingesunken und bei jeder Bewegung, bei jedem Versuch mich aus meiner Lage zu befreien, sackte ich tiefer ein.

Hilflos schaute ich mich um. Weit und breit war keine Menschenseele zusehen und im Kurhaus würde man mich an einem Sonntag auch nicht vermissen.

Der Zweig eines Baumes ragte direkt über meinen Kopf. Ich griff danach und versuchte mich daran hochzuziehen. Knacks – der Zweig brach ab. Das war's denn wohl. Horrorgeschichten von Moorleichen kamen mir in den Sinn. Verzweifelt schaute ich mich um und mit Hilfe des abgebrochenen Zweiges hangelte ich mir einen weiteren Zweig heran. Und – es klappte! Mit aller Kraft konnte ich mich aus meiner misslichen Lage befreien.

Mit reichlicher Verspätung und total verdreckt erreichte ich das Kurhaus und bekam tatsächlich noch mein Mittagessen.

Vorwürfe machte man mir natürlich auch und das nicht so knapp. Nicht ohne Grund hatte man die Gegend eingezäunt. Dort wurde seit Jahren das verbrauchte Moor für die Anwendungen im Kurheim abgeladen.

FREUNDINNEN

Sie hatten sich auf einer Reise kennen gelernt, die drei Frauen, die jetzt, wie bei ihrem letzten Treffen, auf der Wiese nahe der Uferböschung im tiefen Gras saßen. Wieder hörten sie das vertraute Plätschern des Baches, der sich zu ihren Füßen über Stock und Stein seinen Weg gebahnt hatte.

Mit den Jahren hatten sie sich aus den Augen verloren. Eine neue Generation war herangewachsen und wie damals haben Kinder auf dieser Wiese ihre Zelte aufgeschlagen.

Viel gab es zu erzählen. Marianne und Vera hatten geheiratet und Kinder bekommen. Gisela, die Jüngste von ihnen, war allein geblieben. Ihr ganzes Leben hat sie gearbeitet und Karriere gemacht. Schon lange hat sie die Hoffnung aufgegeben, einen Lebensgefährten zu finden. Eines Abends war ihr der Gedanke gekommen, ihre Freundinnen zu suchen und die beiden zu sich in ihr großes Haus einzuladen.

Inzwischen waren alle drei Frauen Anfang Fünfzig. Mariannes Kinder waren zwar noch in der Ausbildung, wohnten aber nicht mehr zuhause. Die Ehe war in die Brüche gegangen. Auch Vera war wieder solo. Ihr Mann war nach langer, schwerer Krankheit verstorben und ihre einzige Tochter hat kürzlich geheiratet.

Hans-Hermann, ein älterer Mann aus dem Dorf hat den ganzen Nachmittag Holz gehackt. Er erledigt häufig Arbeiten für Gisela und verdient sich so ein paar Euro zu seiner schmalen Rente dazu. Jetzt ist das Holz akkurat an der überdachten Hausseite aufgestapelt.

Als sie das Haus betraten, empfing sie eine wohlige Wärme, denn Hans Hermann hatte bevor er ging, das Kaminfeuer angezündet. Gisela legte ein paar Holzscheite nach.

Bis tief in der Nacht saßen die Drei zusammen am Kaminfeuer, erzählten sich etwas und schmiedeten Pläne. Sie beschlossen, irgendwann – vielleicht schon bald – zusammenzuziehen. Giselas Haus ist groß genug und für eine Alten-WG vortrefflich geeignet. Sie staunten immer wieder, wie sie es schafften, immer einer Meinung zu sein. Seite an Seite wollten sie ihren Lebensabend verbringen. Besonders Vera war froh darüber, denn sie hätte sich ohne die Freundinnen finanziell sehr einschränken müssen.

Das Feuer war niedergebrannt, die Rotweinflaschen geleert. Gisela drückte den beiden das gut gelüftete Bettzeug in die Hand und jede verzog sich in ein anderes Zimmer.

Zukunftsgedanken

DER GEBURTSTAG

Die Gäste waren gegangen. Es ist ein wunderschönes Fest gewesen und alle waren gekommen: Die Kinder, die Enkelkinder, sogar ihr Bruder, der immer eine Sauerstoffflasche mit sich tragen musste.

Die Nachbarn hatten den Rahmen der Wohnungstür mit einer Girlande geschmückt und ganz oben an der Tür ein Schild befestigt, auf dem mit leuchtenden Buchstaben „90 Jahre" prangte.

Aber nun waren alle wieder fort und sie war allein. Was nun? Sie setzte sich in ihren Lieblingssessel, schaute sich in ihrem Wohnzimmer um und überlegte, welche Möbel sie wohl mitnehmen konnte und von welchen sie sich trennen musste. In der kleinen Wohnung des Seniorenheims, in das sie demnächst ziehen würde, wird nicht viel Platz sein.

Aber der Lieblingssessel muss unbedingt mit. Auf die kleine Fußbank würde sie auch nicht gerne verzichten wollen. Wohin nur mit all den Büchern? Die würde sie sicher nicht alle in der neuen Wohnung unterbringen können. Ob sie wohl ihr eigenes Bett mitnehmen kann, überlegte sie weiter?

Abschiedsschmerz und ein leichtes Gefühl von Bitterkeit übermannte sie. Nein, nein, heute wollte sie sich nicht mehr mit diesen Dingen auseinandersetzen, heute nicht!

Sie war müde.

Das Beste wird sein, sie schläft sich erst einmal richtig aus.

LETZTER VERSUCH

Kürzlich hatte ich mir bei Amazon das so genannte und viel gepriesene Jugendelixier bestellt.

Ich hatte gleich eine 1 Liter Flasche gewählt, denn der Saft sollte seine Wirkung nicht verfehlen.
30 Jahre Verjüngung müssten es schon werden – 30 Jahre mindestens!

Also trank ich die ganze Flasche in einem Zug leer und legte mich, ganz wie empfohlen, schlafen.

Frisch und munter erwachte ich am nächsten Morgen. Sofort guckte ich in den Spiegel. Tatsächlich, so wie ich jetzt aussah, müssen mindestens 35 Jahre von mir abgefallen sein, denn eine flotte Mittvierzigerin blickte mir entgegen. Gertenschlank und absolut perfekt hätte ich Heidi Klum Konkurrenz machen können.

Nun musste ich mich natürlich neu einkleiden. Ich wählte ein dezentes, aber raffiniert geschnittenes enges Kleid mit einem Schlitz an der Seite. Dazu kamen ein paar Pumps und der Friseur machte mir aus meinem vollen Haar eine elegante Hochsteckfrisur.

Doch wozu sollte der ganze Aufwand nun eigentlich gut sein?

Na, das war ja wohl klar:

„Speeddating" hieß das Zauberwort!

Einmal im Leben wollte ich mir selbst einen Partner aussuchen der 100 prozentig so war, wie ich ihn mir schon immer erträumt hatte.

Im Café „Herz-Dame" gleich um die Ecke fand so ein Dating statt. Als ich eintrat, saßen schon an mehreren Tischen jeweils ein Herr und eine Dame.

Mir wurde ein Platz zugewiesen, an dem ein sehr blasser Mann zusammengesunken auf seinem Stuhl saß und unentwegt auf die Tischplatte starrte. Meinen Gruß erwiderte er kaum hörbar.

Gong! Es ging los.

Ich stellte mich diesem Menschen vor und fing an zu erzählen. Weil mein Gegenüber weiter schwieg, stellte ich ihm Fragen Er war 56 Jahre alt, Junggeselle und seine alte Mutter wollte unbedingt, dass er sich ....

Gong!

Nun setzte sich ein etwa 50-jähriger Mann zu mir. Er war braungebrannt, hatte eine sportliche Figur und wirkte mit seinen graumelierten Schläfen recht attraktiv. „Na, der könnte mir schon eher gefallen", dachte ich bei mir.

Nachdem wir uns gegenseitig bekannt gemacht hatten, ergriff er das Wort und hörte auch nicht wieder auf zu reden. Ich erfuhr, dass er schon sehr häufig an einem Speeddating teilgenommen hat, denn es war ihm ein besonderes Anliegen, vielen Frauen über ihre einsamen Stunden hinwegzuhelfen.
Wie bitte, ein Witwentröster?
Nein danke, das muss ich nicht haben! Ich stand auf und ging.

Wieder zuhause verflüchtigte sich die Wirkung des Elixiers zum Glück schnell. Ich zog mir bequeme Kleidung an, kochte einen Tee, nahm ein Buch zur Hand und setzte mich zufrieden in meinen Lieblingssessel, froh, dass ich das alles hinter mir hatte!

Angeregt von meinen Geschichten,
fallen dem einen oder anderen Leser eigene Erlebnisse ein:

DIE KLEINE ANNA

Bei ALEX wird man nicht nur verhübscht, man hört auch viel Neues. Hier erfährt man von ALEX höchstpersönlich welche Mineralien man unbedingt einnehmen sollte, weil sie gut für den Körper, ja, weil sie gut für das ganze Wohlbefinden sind. Auch hört man, welches Buch man unbedingt mal lesen sollte, welchen Schaden man der Versicherung melden kann und vieles andere mehr.

Wer ALEX ist? Ich denke das ist leicht zu erraten, ALEX ist meine Friseurin. Sie hat ihren Salon ganz bei uns in der Nähe. Hier schaltet und waltet sie und flitzt wie ein Wirbelwind von Kundin zu Kundin.

Natürlich hat ALEX auch meine Bücher gelesen und wie das so ist, hat auch sie gleich eine Geschichte für mich parat. Mir fiel recht schnell eine gewisse Ähnlichkeit mit einer meiner Erzählungen auf. Offenbar hatte sie in ihrer Kindheit ein ähnliches Erlebnis wie ich gehabt.

ALEX war damals etwa fünf Jahre alt. Ihre Eltern hatten einen Garten, in dem ein kleiner Kirschbaum stand. Er war voll von leuchtend roten Kirschen, nur leider waren es Sauerkirschen.

Anders war es in Nachbars Garten, wo ein riesengroßer Baum stand, voll behangen mit süßen Knubberkirschen.

Sehnsüchtig schaute sie über den hohen Zaun. Die Kirschen waren aber auch gar zu verlockend! Wie gern hätte sie wenigstens ein paar davon genascht. ALEX erinnerte sich noch genau, die kleine Anna – so wurde sie in ihrer Kindheit genannt – hatte ihre neue hellblaue Pumphose an, die sehr hübsch war mit ihren schwarzen Punkten. Leider hatte diese Hose nur vorne am Latz eine kleine Tasche, aber die Hose war weit und schloss unten an den Beinen mit einem Gummizug. Da gab es also nicht viel zu überlegen, es war Platz genug, um eine ganze Menge der köstlichen Kirschen unterzubringen.

Wenn sie nur wüsste wie sie in den benachbarten Garten kommen könnte? Der Zaun war hoch, viel zu hoch um hinüberzuklettern. Aber dann entdeckte sie eine Stelle, wo sie den Zaun am unteren Ende ein wenig anheben konnte. Ratzfatz kroch sie bäuchlings hindurch. Und schon war sie von einem Ast zum nächsten weit nach oben geklettert.

Sie pflückte und pflückte, links und rechts und überall leuchteten ihr die Köstlichkeiten entgegen. Eifrig stopfte sie sich erst vorne die kleine Latztasche voll und danach immer direkt in die Hose hinein. Weiter oben waren die Kirschen ja noch viel schöner! Klein-Anna reckte sich so gut es ging und hangelte sich zum nächsten Zweig hinauf. Es passten doch tatsächlich immer noch Kirschen in die Hose!

Aber, oh Schreck, plötzlich sah sie wie der Besitzer durch die Gartenpforte kam. So schnell sie konnte versuchte sie hinunterzuklettern. Das war gar nicht so einfach mit der Hose voller Kirschen. Knacks! Ein Zweig war zu dünn und brach durch. Anna fiel hart auf den darunter liegenden Ast und noch einmal und wieder weiter: rumms, rumms. Ja, und dann lag sie unten auf der Erde. Schnell berappelte sie sich und stand wieder auf. Das hat wehgetan! Überall an den Armen und Beinen hatte sie Schrammen.

Natürlich waren die Kirschen in ihrer Hose durch den Fall arg zerquetscht, aber egal, sie lief so schnell sie konnte zum Zaun und rutschte wieder auf dem Bauch unten hindurch. Sie hatte es gerade noch geschafft! Aber nun waren auch die restlichen Kirschen nur noch Matsch. Der Saft hatte sich mit der Gartenerde vermengt und lief ihr unten aus der Hose die Beine hinunter.

Ganz plötzlich stand der Nachbar dicht am Zaun, er auf der einen, sie auf der anderen Seite und schüttelte den Kopf. „Schäm dich, du bist schon so ein großes Mädchen und machst dir noch immer die Hosen voll".

Bei einem Sprichwort wurde ein Wort (Kartoffeln)
durch ein anderes ersetzt:
„Die dümmsten Bauern haben immer die dicksten Tische"

WILLI UND FRIEDA

Willi war Bauer. Willi war ein sehr fleißiger Bauer, er arbeitete immer vom frühen Morgen bis zum späten Abend. Und weil seine Frau Frieda wusste, dass jemand der viel arbeitet auch viel und gut essen muss, kochte sie immerzu für ihn, denn sie hatte ihren Willi sehr lieb.

Einmal, als Frieda ein Spanferkel, eine große Schüssel mit Grützwurst und dazu noch den Topf mit dem Schwarzsauer auf den Tisch stellte, passierte es, ein Tischbein knickte ab und der Tisch brach zusammen.

So'n Schiet aber auch!

Willi bestellte bei seinem Freund, dem Tischler Karl-Heinz, einen neuen Tisch, eine Spezialanfertigung. Zwei Platten wurden übereinander geleimt und dann bekam der Tisch acht Beine, immer zwei nebeneinander. Das war mal ein richtiges Prachtexemplar von einem Tisch.

Aber nun legte Frieda erst richtig los, denn sie hatte ihren Willi ja so lieb!

Willi aß immer alles auf, obwohl ihm manches Mal die Eisbeine schon aus den Ohren heraus kamen. Er wollte seine Frieda nicht enttäuschen, denn er hatte sie auch sehr lieb.

Nun saß Willi wieder einmal am Tisch. Mit großer Mühe biss er von seiner letzten Bratwurst ab.

Peng!

Das war's.
Willi war geplatzt!

Was nun?
Wohin mit Willi?
Kein Sarg passte!

Zum Glück wusste Karl-Heinz Rat. Der Tisch wurde umgedreht und Willi darauf gebettet. Karl-Heinz nagelte Spanplatten um den Tisch herum und Frieda legte Blumen aus dem Garten und eine dicke Blutwurst obenauf.

Auf dem Grabstein stand zu lesen: Up ewig ungedeelt, Willi und sien Disch.

DAS KRIPPENSPIEL

Es war im November und ich war gerade von einer Kur zurückgekommen, als die Leiterin unseres Kindergartens mich bat, mit den Kindern ein Krippenspiel einzuüben.

Nun denn, ein Krippenspiel zu Weihnachten, wie alle Jahre wieder?

Ich überlegte, welche besondere Aussage dieses Spiel für die Kinder haben könnte. Weihnachten ist das Fest der Liebe. Die Menschen sollten aufeinander zugehen, ihre Herzen und Türen öffnen.

Wie setze ich das für die Kinder verständlich um und wie können alle Kinder daran teilhaben?

Mein Mann und ich fuhren die Supermärkte ab, denn ich benötigte übergroße Kartons mit einer Länge von mindestens 2,5 m und einer Breite von etwa 60 bis 70 cm. Aus jedem Karton schnitt ich eine Tür aus, die die Kinder anmalten. Drei Türen standen später bei der Aufführung links auf der Bühne nebeneinander und dahinter ‚wohnten' immer zwei Kinder.

Für die rechte Seite der Bühne hatte ich einen noch viel größeren Karton besorgt, den ich auseinandergebreitet hatte, um aus zwei Seitenwänden eine Stalltür zu fertigen. Diese Tür verdeckte die gesamte rechte Ecke.

Zur Vorführung saß ich etwas versteckt ganz links vorn im Publikum und mir gegenüber auf der anderen Seite des Raumes saßen neben dem Stall drei Kinder, die unser Geräuscheorchester bildeten. Sie bimmelten mit den Glöckchen als die Hirten die Schafe von einer Weide bis hin zu einer anderen Weide vor die drei Türen trieben. Sie schlugen Brotbretter zusammen, wenn vor Maria und Josef wieder eine Tür zugeschlagen wurde und der Gong schlug jede Stunde die Zeit an, wenn der Nachtwächter seine Runde machte.

Ich las die Geschichte laut vor und die Kinder agierten entsprechend. Nur die wörtliche Rede sprachen sie selbst.

Natürlich ist der Inhalt eines Krippenspiels uns allen hinreichend bekannt. Deshalb werde ich mich jetzt auch nur auf das Schlussbild beschränken.

Nachdem Maria und Josef vergebens an Türen geklopft und um Einlass gebeten hatten und ihnen immer wieder die Tür vor der Nase zugeschlagen worden war, hatten die Hirten ihnen den Stall gezeigt, in den sie hineingegangen waren.

Es war dunkel geworden. Der Gong schlug zwölf Mal, der Nachtwächter ging noch einmal um die drei Häuser herum und rief: „Hört, ihr Leut, und lasst euch sagen, die Uhr hat eben 12 geschlagen"!

Während ein Engel mit einer Kerze in der Hand erschien und sang: „Seht, die gute Zeit ist nah, Gott kommt auf die Erden..", wurde hinter der Stalltür eine Sternenlaterne hochgezogen. Die Stalltür und auch alle anderen Türen öffneten sich weit. Wir sahen nun Maria und Josef mit dem Kind in der Krippe, Ochs und Esel und dahinter ganz viele kleine Engel mit brennenden Kerzen in den Händen.

Zusammen sangen alle das Lied:
„Eine Tür, eine Tür tut sich auf für mich", mit dem Refrain: „Macht die Türen auf, macht die Herzen weit, und verschließt euch nicht, es ist Weihnachtszeit"!

Den Eltern hat unsere Aufführung sehr gut gefallen und ich denke, auf ihre Weise haben hierbei auch die Kinder den Geist des Weihnachtsfestes verstanden.

HOLZSCHNITT

Wieder einmal sollte es nach Klappholttal gehen. Wie immer wollte die liebe Usch mich in ihrem Auto mitnehmen.

Schon im Voraus wusste ich, dass ich den Kursus für Holzschnittarbeiten bei Gunda Kupfer belegen wollte. Das Motiv für meine Arbeit hatte ich in Usch's Wohnzimmer entdeckt. Das Bild eines Engels, der durch seine Schlichtheit bestach, hatte es mir angetan. Wir lösten das Bild aus dem Rahmen und ich ließ eine Fotokopie davon machen.

Gunda war mit dem Engel einverstanden. Nachdem sie uns in die Kunst des Holzschnitzens eingeführt hatte, konnten wir loslegen.

Zuerst zeichneten wir unser Wunschmotiv auf eine Holzplatte, dann konnten wir mit dem Ausheben beginnen. Um mehr Druck ausüben zu können, arbeiteten wir im Stehen. Mein Rücken begann zu schmerzen. Eifrig arbeitete ich weiter. Am nächsten Morgen erwachte ich mit starken Rückenschmerzen. Ich schluckte zwei Aspirin und arbeitete nachmittags weiter an meinem Engel. Und die Schmerzen waren wieder da. Ja, sie waren heftiger als tags zuvor.

Am dritten Tag konnte ich vor Schmerzen nicht mehr aufrecht gehen. Aspirintabletten halfen nur sehr bedingt, oder ehrlich gesagt, überhaupt nicht.

Kurzerhand schleifte Usch mich zu ihrem Auto und brachte mich in die Klinik nach Westerland. Dort wurde ich geröntgt und bekam erst einmal ein Schmerzmittel. Der Doktor empfahl uns einen Arzt in List.

Das Wartezimmer dort war brechend voll, sodass wir in Klappholttal das Abendessen und ein Konzert verpassten.

Ich sollte drei Tage liegend im Bett verbringen. Noch am selben Abend fuhr Usch zu einer Nachtapotheke in Wenningstedt, um für mich ein Rezept einzulösen, doch da das Medikament nicht vorrätig war, konnte sie es erst am nächsten Tag abholen.

In den folgenden Tagen, brachte Usch mir zuverlässig dreimal täglich etwas zu essen.

Mein Holzschnittengel ist nie fertig geworden, aber täglich hat mich ein Engel bestens versorgt.

AM MEER

Es rauscht das Meer, es weht der Wind,
ein Stimmchen dringt hell an mein Ohr.
Ich horche auf, ich seh' mich um,
doch dieses Stimmchen ist verstummt.

Wo kam es her, wer rief mich an?
War es ein Kind, das spielend sich vergnügte?
Oder war es der Wind,
der mit den Wellen spielte?

AM STRAND

Wohin ich auch schaue, ich sehe Sand.
Unter meinen Füßen spüre ich ihn, den Sand.
Er kitzelt mich an meinen Zehen,
und kriecht durch deren Zwischenräume,
der Sand, der Sand, der Sand.

Mit meinen Händen greife ich danach,
doch er rinnt durch die Finger mir, der Sand.
Und wenn ich lauf bei Sturmgebraus,
dann beißt er mein Gesicht, der Sand.
Zuhause dann, leer ich die Taschen aus,
versteckt in allen Ritzen,
da sitzt er noch und grinst mich an,
der Sand, der Sand, der Sand.

Eine „Märchenerzählung" über die Schwalbenhalle
in Klappholttal, in der die Zimmer Vogelnamen haben

EIN FINK AUF ABWEGEN

Es war Frühling – endlich Frühling! Der Morgennebel, der auf den Feldern lag, stieg empor und Tautropfen an den noch zarten Blättern der Bäume glitzerten im Sonnenschein. Die ersten Käfer krabbelten vorsichtig durch das junge Grün und Vogelgezwitscher ertönte aus dem Wald.

Deutlich vernahm man ein eifriges „Pink, pink!". Es war das Finkenmännchen, das seinem Weibchen gerade ein paar Bucheckern zum Frühstück gebracht hatte. Frau Fink hockte nämlich schon seit Tagen auf fünf Eiern in ihrem Nest. Es befand sich hoch oben in einer Buche, die am Rande eines Waldes stand. Das Nest hatte sie selber aus Wurzeln und Rindenfasern gebaut und es dann mit weichem Moos und Federn ausgepolstert.

Nun war die Zeit des Brütens gekkommen und das bedeutete für Herrn und Frau Fink, viel Geduld zu haben. Sie freuten sich auf ihre fünf Kinderlein.

Doch dann geschah es! Ein fürchterlicher Sturm wütete in der Nacht und ein Teil der Astgabel, an der das Nest befestigt war, brach ab. Das Nest hing schief und ehe es wieder gerichtet war, Herr Fink half mit so gut es ging, war ein Ei aus dem Nest gekullert und in das mit Laub bedeckte Moos hinuntergefallen. Wie ein Wunder war das Ei heil geblieben.

Ein Kuckuck, der ein wenig zu früh aus dem Süden zurückgekehrt und jetzt vergebens auf Brautschau unterwegs war, hatte das ganze Unglück mit angesehen und wollte helfen. Wie wir alle wissen, legt der Kuckuck seine Eier in fremde Nester. Ohne viel zu überlegen flog er hinunter zum Fuße des Baumes und nahm behutsam das Ei in seinen Schnabel und flog mit ihm davon.

Es war nicht einfach das Ei im Schnabel zu halten. Er musste unbedingt ein sicheres Nest finden. Eines, das nicht sturmzerzaust auf einer abgebrochenen Astgabel hing.

Endlich entdeckte er gleich zwei Nester an einer Mauer dicht unter dem Dach eines Hauses, auf denen Vögel saßen und brüteten. Es handelte sich hier um Schwalben. Ganz im eifrigen Schwatzen mit der Nachbarin vertieft, beugte sich die eine der Schwalben etwas weiter nach vorn und während sie dabei nur ein kleines bisschen das Hinterteil lüpfte, ließ der Kuckuck blitzschnell das Ei aus seinem Schnabel in das Nest rollen. Die Schwalben hatten nichts bemerkt und der Kuckuck flog zufrieden davon. Nach ein paar Tagen schlüpften die Küken aus den Eiern. Frau Schwalbe hatte sich zwar gewundert, dass sie jetzt sechs Kinder hatte, obwohl es doch anfangs nur fünf Eier waren. Nun aber war sie glücklich und es hieß Nahrung herbeischaffen. Viel Nahrung! Ständig sahen die Vogeleltern nur noch aufgesperrte Schnäbel. Sie flogen eifrig hin und her und brachten Käfer, Schnecken, Mücken und anderes Getier.

Allerdings machte sich Mutter Schwalbe große Sorgen um eines ihrer Kinder. Sie klagte ihrer Nachbarin ihr Leid. „Eines meiner Kinder will nicht so recht fressen", begann sie zu klagen, „es verweigert fast alles, was wir herbeischaffen. Schnecken und Regenwürmer mag es nicht, ab und an nimmt es mal eine Mücke, oder eine Fliege, falls wir mal die eine oder andere in dieser Jahreszeit finden und, denken sie, einmal hatte mein Mann versehentlich ein paar getrocknete Beeren mit im Schnabel, ich wollte die gerade aus dem Nest werfen, als dieses Kind gierig danach schnappte. Ich meine, Vitamine können ja nie schaden, deshalb suchen wir fortan für dieses Kind Beeren – sogar Kerne und Nüsse kann es mit seinem kräftigen Schnabel aufknacken."

Die Zeit verging, die Kleinen hatten inzwischen Federkleider bekommen. Es war wie ein Wunder, das Federkleid des Sorgenkindes war besonders prächtig und bunt.

Auch die Nachbarin wunderte sich über dieses Kind. Ihr war aufgefallen, dass es so gar keine Ähnlichkeit mit den Eltern hatte. Sogar die Gabelung der Schwanzfedern fehlte.
Auch hörte man von den anderen Kindern den ganzen Tag ein fröhliches Zwitschern und Zwatschern. Dieses Kind war viel ruhiger und nur ab und zu ertönte von ihm „pink pink".

Schon bald waren die Kinder flügge und es dauerte nicht lange, bis sie sich von ihrem Elternhaus lösten, um die Welt zu erkunden.

Auch das Sorgenkind, wir nennen es Max, hatte sich zu einem prächtigen jungen Mann entwickelt. Er flog am liebsten in den Wald hinein und machte dort auch bald die Bekanntschaft mit einem Vogelweibchen. Sie soll Luise heißen. Luise passte gut zu ihm. Sie sprachen dieselbe Sprache und sie sah auch ein bisschen aus wie Max – nur ein wenig blasser war sie. Schon schickte sie sich an, ein Nest zu bauen, das dann auch bald schon fertig war. Und während Luise nun auf den Eiern saß und brütete, hatte Max viel zu tun, ihren Hunger zu stillen.

Nach etwa zwei Wochen schlüpften die Kleinen und die Eltern flogen tagaus, tagein hin und her, die hungrigen Mäuler zu stopfen.

Aber irgendwann wurden auch diese Kinder groß und verließen das Nest. Der Herbst kam, es stürmte und die Bäume wurden kahl. Da machte sich Luise auf den Weg in ferne Länder zu fliegen. Sie wollte dorthin, wo es wärmer war.

Einsam und ehelos blieb Max zurück. Da begann er sich auf sein Elternhaus zu besinnen. Er flog also dorthin, wo er zum ersten Mal das Licht der Welt erblickt hatte. Inzwischen hatte er auch erfahren, dass er von Familie Schwalbe aufgezogen worden war. Ja, er wollte seine Schwalbeneltern besuchen.

Aber oje, das Nest war leer. Auch die Schwalben waren in den sonnigen Süden geflogen. Max setzte sich in das Nest hinein. Hier wollte er bleiben.

Es wurde ein harter Winter, doch hier direkt unter dem Dach war er geschützt und, welch ein Segen, überall rings um das Gebäude herum, gab es köstliche Hagebutten. Er hatte den ganzen Winter über genug zu fressen!

Hört einmal genau hin, jetzt Ende Februar, ertönt immer wieder ein hoffnungsfrohes: „Pink, pink!"

Ein Gruß an Klappholttal
zum einhundertjährigen Bestehen der „Akademie am Meer"

NIS PUK

Ob Sonnenschein, ob Sturmgebraus
das Uthland, das ist mein Zuhaus'.
Hier wohne ich jahraus, jahrein,
es mögen hundert Jahre sein.

Ein einzig mal – welch böse Wendung,
ein Feuer kam – welch arg Verschwendung,
zerstörte diesen schönen Ort,
ich dachte schon, ich müsste fort.

Zum Glück gibt es doch Menschen hier,
die haben mit Mut, Kraft und Gespür
die Häuser wieder hergestellt,
was allen wahrlich gut gefällt.

Ein Hoch dem Leiter der Akademie
Er hat's geschafft mit seiner Energie.
Ihm und den Kollegen danke ich sehr,
die Zeit damals war sicherlich schwer.

Nun wache ich weiter über Klappholttal,
und sehe manch Gast zum wiederholten Mal.

Wie Ebbe und Flut, sie kommen und gehen
– ich freu mich sehr auf das Wiedersehen.

Hier wird gewerkelt, gemalt und geschrieben,
manch' Leute am Strand in der Sonne liegen.
Hört, wie hinter Dünen die Nordsee rauscht,
wenn man der Musik und Vorträgen lauscht.

Doch sollte der Koch auch immer dran denken,
mir Gerstengrütze mit Butter zu schenken.
Dazu Zimt und auch Zucker, das wäre gescheit,
Nis Puk bleibt euch treu dann für allezeit.

ZUFÄLLE GIBT'S

Seit ich als Kind mit meinem Bruder im Stadttheater Kiel „Peterchens Mondfahrt" von Gert von Bassewitz gesehen habe, ist es mein Lieblingsmärchen.

Mit meinen eigenen Kindern habe ich es mir dann viel später in einem Hamburger Theater angesehen und wieder war ich so begeistert wie damals als Kind. Wir saßen auf Sternenkissen, über uns funkelten Sterne am dunkelblauen Himmelszelt und die Naturgewalten kamen durchs Publikum hindurch von einer Bühne bis zur nächsten.

Und obwohl Menschen inzwischen auf den Mond fliegen und wir alle wissen, dass es dort weder einen Menschen fressenden Mondmann noch andere Geheimnisse gibt, hat dieses Märchen für mich nichts von seiner Faszination verloren.

Im Kindergarten habe ich die Geschichte als Grundlage für ein Projekt aufgegriffen. Den Inhalt habe ich erheblich gekürzt und die Kinder hatten viel Freude an den Naturgeistern, wie den Donnermann, den Eismax, Morgen- und Abendstern und wie sie alle heißen. Wir haben sie alle gebastelt, was viel Arbeit war. Wochenlang haben die Kinder dann mit diesen Puppen gespielt und nicht selten haben ein paar Kinder das Märchen aufgeführt und wer Lust hatte, hat zugeguckt.

In der Adventszeit habe ich das Märchen zuhause meinen Kindern vorgelesen und natürlich haben wir auch alle diese Naturgeister, wie auch den Sandmann und die Kinder, Peterchen und Anneliese und nicht zu vergessen, den Herrn Sumsemann mit seinen nur fünf Beinchen, gebastelt. Auf dringenden Wunsch meiner Kinder wurde damit einmal sogar unser Tannenbaum geschmückt.

Nun ist es ja so, dass ich schon immer all meine selbst angefertigten Püppchen in Szene setzte, sie fotografierte und Postkarten daraus machte. So auch mit den Figuren von „Peterchens Mondfahrt".

Immer wenn ich nach Klappholttal fahre, nehme ich einige meiner Püppchen mit. Allerdings handelt es sich nun schon seit etlichen Jahren um Wesen der Brüder Grimm. Die Figuren, die ich damals zusammen mit meinen Kindern gebastelt habe, gibt es nicht mehr. Doch einige der Fotos habe ich noch und deshalb gibt es auf ein paar Karten auch Motive aus dem Märchen „Peterchens Mondfahrt".

Eines Tages klingelte zuhause das Telefon. Renate aus Berlin war am Apparat. Auch sie kenne ich aus Klappholttal. „Inge", hörte ich sie sagen, „schick mir doch bitte sechs Karten mit Motiven des Märchens „ Peterchens Mondfahrt". Du musst nämlich wissen, dass es mein Lieblingsmärchen ist, seit ich es als Kind einmal im Stadttheater Kiel gesehen habe".

Ein Märchen vom Selbstbewusstsein für Kinder

DIE WUNDERBLÜTE

Da waren Mama, Papa und Lukas, der kleine Bruder. Sie alle gehörten zu Isabels Familie. Ja, und Isabel gehörte natürlich auch dazu. Sie hatte alle sehr lieb, besonders Mama, aber Papa auch, und Lukas sowieso. Den musste man einfach lieb haben. Das sagen alle.

Er war ja auch zu niedlich mit seinen zwei Jahren. Er hatte so süße Ohren und kluge Augen. Sein Hinterkopf war wunderschön geformt. Und überhaupt, alles war niedlich an ihm.

Manchmal stellte Isabel sich vor den Spiegel, um zu sehen, wie ihre Ohren aussahen. Hübsch waren die ganz sicher nicht, das stand schon mal fest, denn sonst hätte irgendjemand mal was darüber gesagt – ganz bestimmt.

Nein, Isabel war ganz sicher nicht hübsch und deshalb mochte sie sich selbst auch nicht leiden. Nur Lukas, den mochten alle leiden. Okay, der Mama gefiel sie, aber das zählt nicht, denn Mütter mögen ihre Kinder immer leiden, egal wie die aussehen.

Auf dem Schulweg ging sie immer dicht an den Häuserwänden entlang und hatte die Augen fest auf dem Boden geheftet, damit sie von den anderen Kindern nicht beachtet wurde.

Isabel war eine gute Schülerin. In ihren schriftlichen Arbeiten bekam sie nur sehr gute Beurteilungen. Doch während des Unterrichts verhielt sie sich ruhig, sie meldete sich nie, obwohl sie die Antworten fast immer wusste. Oh nein, sie könnte ja vom Lehrer aufgerufen werden und dann würden alle anderen sie angucken.

Wenn Isabel nach Hause kam, ging sie nach dem Mittagessen immer gleich hoch in ihr Zimmer und erledigte ihre Hausaufgaben sofort. Danach setzte sie sich auf ihren Lieblingsplatz: mit einem Kissen auf den Boden vor dem Fußende ihres Bettes.

Hier vertiefte sie sich in ihre Bücher. Ja, obwohl sie vor kurzem gerade erst sieben Jahre alt geworden war und gerade erst in die zweite Klasse versetzt worden war, konnte sie schon sehr gut lesen. In Büchern gab es Freunde. Da war niemand allein. Die Kinder in den Büchern spielten miteinander, sie gingen zusammen schwimmen oder machten kleine Fahrradtouren und Picknick auf einer Wiese. Isabel verschlang diese Bücher geradezu. Oftmals las sie so lange, bis sie zum Abendessen gerufen wurde.

Immer wieder dachte sie an die Kinder in ihren Büchern. Wie gern würde sie auch mit anderen Kindern spielen. Wenn sie doch wenigstens eine einzige Freundin hätte! Aber wer mag denn schon sie zur Freundin haben? Nein, sie musste sich mit ihren Büchern begnügen.

Als Isabel sich wieder einmal abends in den Schlaf weinte, geschah es – eine wunderschöne Fee war an ihr Bett getreten.

„Isabel, du sollst nie wieder allein und traurig sein", sagte sie mit sanfter Stimme. „Stecke dir morgen früh diese Blüte ins Haar und du wirst sehen ..." Die Fee legte die Blüte auf den Nachttisch und war wieder verschwunden.

Am nächsten Morgen, blieb sie erst noch eine Weile liegen. ‚Was war das doch für ein seltsamer Traum?' Fragte sie sich. Aber da lag ja die Blüte auf dem Nachttisch. ‚Ist es doch kein Traum gewesen, sollte tatsächlich eine Fee zu ihr gekommen sein? Und woher kannte die ihren Namen und woher wusste sie, wie unglücklich sie war?'

Schnell ging das Mädchen ins Badezimmer und machte sich fertig. Besonders sorgfältig kämmte sie sich und dann steckte sie sich die Blüte ins Haar. Sie guckte in den Spiegel: wie hübsch das aussah! Ihre Augen begannen zu leuchten und ihre Wangen röteten sich leicht vor Aufregung. ‚Ich bin hübsch, ich bin hübsch', sagte ihr eine innere Stimme.

Freudig sprang sie die Treppe hinunter und nahm dabei immer gleich drei Stufen auf einmal. Mit großem Appetit aß sie ihr Frühstück. Den überraschten Blick ihrer Mutter bemerkte sie nicht. ‚Ich bin hübsch, alle mögen mich`, sagte ihr immer wieder diese innere Stimme. Sie schnappte sich ihre Schultasche und lief los.

Da vorne gingen Neele, Marie, Lili und Michel. Isabel versuchte sie einzuholen. Da bemerkte Marie sie: „Wartet," sagte diese zu den drei anderen, da kommt Isabel." Sie nahmen das Mädchen in ihre Mitte und erreichten so fröhlich plaudernd die Schule.

In der Pause kam Marie noch einmal auf Isabel zu und fragte, ob sie wohl Lust hätte, heute Nachmittag mit ins Schwimmbad zu gehen. Und ob sie Lust hatte! Große Lust hatte sie sogar! Isabel war restlos glücklich.

Als sie mittags nach Hause kam und ihren Ranzen nach oben in ihr Zimmer bringen wollte, lag ein seltsames Etwas auf der Treppe. Isabel hob dieses seltsame Ding auf und musste feststellen, dass das die nun total verwelkte Blume war. Isabel muss sie schon am Morgen verloren haben.

Diese Erzählung ist zum Lesen für Kinder im Beisein eines Erwachsenen oder auch zum Vorlesen gedacht. Sie soll Kinder dazu anregen, sich mit ihren Sorgen und Nöten einem Erwachsenen anzuvertrauen.

INAS ALBTRAUM

Ina lebte in einer großen Stadt. Sie war 10 Jahre alt und gerade in die 4. Klasse versetzt worden.

Nun war Sommer und in einer Woche begannen die großen Ferien. Ferien, ja da wollte Ina gern raus aus der Stadt mit den großen Häusern und den vielen Autos. Deswegen meinte Mama auch, sie sollte doch aufs Land fahren zu Tante Berta und Onkel Julius. Die Zwei waren Geschwister und wohnten zusammen.

Ina erinnerte sich noch gut an die Beiden. Ganz früher, als sie gerade eingeschult worden war, hatte sie nämlich zusammen mit ihrer Mama und ihren Brüdern, Paul und Heinz, bei Tante Berta und Onkel Julius für längere Zeit gelebt. Damals – damals war Krieg gewesen und die Stadt, in der Inas eigentliches Zuhause war, wurde beschossen und Flugzeuge warfen Bomben ab und zerstörten viele der Häuser. Es gab auch nicht genug zu essen, denn man konnte nur schwer Lebensmittel herbeischaffen, weil auch viele Straßen und auch der Bahnhof zerstört waren. Welch ein Glück nun für Ina, ihre Mama und die Brüder, dass sie in dem friedlichen Dorf bei diesen guten Menschen wohnen durften.

Sie bekamen dort sogar eine eigene kleine Wohnung in einem Haus, das Onkel Julius extra für sie gebaut hatte. Hier konnten sie leben. Sie wurden nicht mehr beschossen, sie brauchten keine Angst mehr zu haben und sie bekamen reichlich zu essen; alle guten Sachen vom Bauernhof, denn hier gab es Kühe, Schweine, Gänse, Hühner und viele, viele Schafe.

Als der Krieg dann vorbei war, zogen sie wieder zurück in die Großstadt und Inas Papa war auch da. Die zerstörten Häuser wurden aufgebaut und man konnte wieder genug Lebensmittel in den Geschäften kaufen.

Vergessen – nein, vergessen hatte niemand die schlimmen Kriegsjahre in dieser großen Stadt! Besonders die Erwachsenen erzählten noch oft von dieser Zeit. An Feiertagen – an Tagen, an denen es etwas besonders Gutes zu Essen gab, erinnerte Inas Mama auch immer wieder an die guten Menschen in jenem Dorf, damals in der Kriegszeit, als in der Stadt die Menschen oftmals hungern mussten.

Besonders gern erinnerte sich Inas Mama aber an Onkel Julius, denn der hat ihr immer Schüsseln voll herrlicher Kuhmilch, Butter, Mehl, Eier und noch vieles andere mehr gebracht. Ja, und der große Schafskäse war überhaupt das Leckerste, was man sich vorstellen konnte! Sogar Schafwolle brachte er, damit die Mama warme Kleidung stricken konnte. Der gute Onkel Julius!

Wäre Inas Papa etwas im Krieg zugestoßen, hätte Onkel Julius

Mama sofort geheiratet. Auch das erzählte sie den Kindern immer wieder und Ina glaubte, Mama war wohl ein bisschen stolz darauf. Aber sie hätte ihn niemals geheiratet, erzählte sie dann schnell immer wieder, obwohl er doch so ein gutes Herz hatte.

So kam es, dass Ina eines Tages mit einem Matchbeutel (so nannte man früher die Reisetaschen) allein mit dem Zug zu Tante Berta und Onkel Julius fuhr, um dort drei Wochen Ferien zu machen.

Wie gut es hier roch auf dem weiten Lande! Weiten, ja, die gab es hier wirklich und ein frischer Wind wehte über das flache Land. Windig war es hier immer und oftmals wurde es ein heftiger Sturm. Deswegen konnten hier auch keine Bäume und Büsche richtig wachsen. Die riesigen Felder und Wiesen waren durch Wassergräben von einander getrennt. Nur ganz nah an den Häusern gab es ein paar Obstbäume und Sträucher in den Gemüsegärten. Die Häuser, mit ihren Reetdächern sahen sehr gemütlich aus, so, als trügen sie warme Kapuzen. So eine ‚Kapuze' brauchten sie auch, denn jedes Haus stand allein auf einem Hügel, den man Warft nannte. So waren die Häuser und Menschen besser vor Sturmfluten geschützt. Das Dorf befand sich nämlich nah der Nordsee und wenn der Sturm wieder einmal besonders stark tobte, trieb er das Meer bis weit ins Dorf hinein.

Ina, die das Leben in der großen Stadt gewohnt war, genoss diese freie, wilde Natur. Sie half Tante Berta beim Ernten der Johannisbeeren in dem kleinen Garten und mit Onkel Julius ging sie in

den Stall, in dem eine Kuh stand, oder sie sprang auf den Pferdewagen, wenn er zu den Feldern fuhr, um nach den vielen Schafen
draußen zu sehen. Besonders großen Spaß machte es ihr, wenn
sie hoch oben auf dem Heuwagen sitzen und mitfahren durfte.
In Onkel Julius' Werkstatt durfte sie nach Herzenslust schnitzen
und hämmern.

Aber am Aufregendsten waren für Ina die vielen Wassergräben,
die voll von kleinen Tieren und Pflanzen waren. Sie liebte es, mit
nackten Füßen auf den Steinen in den Gräben zu balancieren,
um nach Schnecken und anderes Getier zu suchen. Manchmal
saß sie stundenlang am Ufer, machte Schiffchen aus Schilfblät-
tern oder Gürtel und Haarbänder aus Binsen, die hier überall
wuchsen.

Einmal hatte sich Onkel Julius ganz, ganz leise von hinten an-
geschlichen, um Ina ein bisschen zu kitzeln.

Kitzeln? – Hatte er kitzeln gesagt? Ja, er sagte: „Woll'n mal sehen,
ob du kitzelig bist." Komisch, das war ein merkwürdiges Kitzeln.
Es tat weh! Ina mochte das überhaupt nicht. Sie presste ihre Arme
schützend um ihren kleinen Körper und duckte sich ganz fest
zusammen, so, als wollte sie sich in ein Schneckenhaus verkriechen. Was guckte Onkel Julius so eigenartig? Er war ihr plötzlich
fremd geworden und sie hatte Angst. Warum lachte er so komisch?

Später dann, am Abendbrottisch mochte Ina gar nicht essen. Es
war, als hätte sie einen dicken Kloß im Hals und sie sah auch

nicht von ihrem Teller auf, weil sie Onkel Julius nicht angucken mochte.

Am nächsten Morgen schien die Sonne warm ins Fenster hinein und die Schwalben zwitscherten fröhlich unter dem Dach. Ina wollte an gestern nicht mehr denken. Onkel Julius hatte sie eben nur mal kitzeln wollen und er war wohl nur aus Versehen etwas zu grob geworden. Schließlich hatte er keine Erfahrung im Umgang mit Kindern und alle Männer konnten ja nicht wie Papa sein.

Nach dem Frühstück durfte sie wieder mit ins Heu. Wie das duftete! Plötzlich, hinter einem großen Heuhaufen wurde sie in einen Schraubstock gespannt. Nein, es war kein Schraubstock, es waren Arme! Unwahrscheinlich lange Arme, mit Händen wie riesige Greifer! Harte Greifer – und es waren plötzlich ganz viele Greifer. Überall an ihrem Körper waren diese entsetzlichen Greifer! Onkel Julius hatte sie von hinten gepackt und kniff sie überall. Ina schrie, weinte, strampelte, biss und kratzte, bis Onkel Julius sie losließ.

Sie lief weg! Sie lief und lief und lief und sprang dabei mit großen Sätzen über die Gräben, bis sie im Haus bei Tante Berta angelangt war. Hier fühlte sie sich sicherer. Aber sie war furchtbar traurig, enttäuscht und niedergeschlagen. In dieser Nacht schlief Ina erst sehr spät ein.

Wenn Ina morgens aufstand, um zum Waschen zu gehen, musste sie im Nachthemd durchs Wohnzimmer, dann durch einen kleinen Flur und durch die Küche gehen, bis sie den kleinen Waschraum mit der Pumpe erreicht hatte. Heute mochte Ina nicht aufstehen, denn Onkel Julius saß im Wohnzimmer an seiner Schreibmaschine. Um aus dem Zimmer zu gelangen, hätte sie ganz nah an ihm vorbei gemusst. Sie lag unter der Bettdecke und wartete. Sie wartete – wartete! Wie lange? Sie wusste es nicht. Vielleicht ein paar Stunden? Immer noch hörte sie das Klappern der Schreibmaschine. Was sollte sie tun? Sie hatte Angst! Da, Stille – eine Stimme – Tante Berta! Tante Berta war ins Zimmer gekommen! Schnell flitzte Ina durchs Wohnzimmer, lief durch die Küche und verriegelte die Tür zum Waschraum von Innen.

Von nun an ging Ina Onkel Julius aus dem Weg. Sie grübelte, was sie machen sollte. Zu gern hätte sie sich jemandem anvertraut. Ob sie wohl Tante Berta alles erzählen sollte? Nein, gewiss nicht, Tante Berta wäre bestimmt böse geworden. Nur gut, dass es wenigstens Gudrun gab. Gudrun war wohl 12 oder 13 Jahre alt, ein ziemlich dickes Mädchen, das auf der nächsten Warft wohnte. Eigentlich mochte Ina dieses Mädchen nicht so gerne, aber sie wollte nun doch lieber mit ihr spielen und auf gar keinen Fall wollte sie wieder mit Onkel Julius alleine sein.

Wenn nur die drei Wochen bald herum wären!

An einem sonnigen Nachmittag saßen die beiden Mädels im tiefen Gras auf einer Wiese und probierten, wer mit den Knospen des Spitzwegerichs am weitesten schießen konnte. Onkel Julius kam hinzu und versuchte es auch. Aber plötzlich kitzelte er Gudrun. Was war das, Gudrun juchzte und lachte und kitzelte Onkel Julius auch. Alle beide lachten laut, als wäre das ein großer Spaß.

Ina mochte gar nicht hingucken! Sie konnte nicht glauben, was sie da sah. Mochte Gudrun das denn wirklich haben? Tat es denn nicht weh, wenn er ihr in die Brust kniff? Nein, sie konnte nicht mehr hinsehen. Nur weg von hier! Gab es denn niemanden außer Tante Berta, dem man vertrauen konnte? Vertrauen …?

Ina ging zu der Kuh in den Stall. Hier war es friedlich. Oh, die Leiter zum Heuboden war ja heruntergelassen. Schnell kletterte sie hinauf. Das Heu duftete noch immer so schön frisch und sie legte sich mitten hinein. Ein kleiner Sonnenstrahl fiel durch die verstaubte Dachluke.

Da – sie hörte ein Geräusch. Jemand kletterte die Leiter hoch. Und da stand er auch schon vor ihr. Riesengroß mit mächtigen Greifern! Ina sprang auf und so schnell sie konnte, kletterte sie die Leiter runter. Doch im selben Augenblick war auch Onkel Julius wieder neben ihr, packte sie und sie spürte seinen heißen Atem und seine Lippen pressten sich auf ihren Mund.

Dann war sie wieder allein im Stall. Ihr wurde übel. Sie ging in den Waschraum zur Pumpe und erbrach sich. Dann pumpte sie Wasser, viel Wasser und schrubbte ihre Lippen und spülte ihren Mund aus und gurgelte mit dem kühlen, klaren Wasser.

In der folgenden Nacht hat Ina wieder sehr lange wach gelegen. Sie war allein in dem fremden Zimmer, in dem fremden Bett unter der schweren Bettdecke. Sie hat geweint – immerzu geweint.

Am anderen Morgen dann, sagte sie zu Tante Berta, dass sie nun wieder nach Hause wolle. Tante Berta verstand das nicht. Sicher dachte sie, das Kind hat wohl Heimweh bekommen. Einmal noch musste sie Onkel Julius die Hand geben, dann saß sie wieder im Zug.

Mama wunderte sich sehr, dass Ina so schnell wieder nach Hause kam. Wo doch Tante Berta und Onkel Julius so liebe Menschen waren! Besonders Onkel Julius, der immer die herrliche Milch, Butter, Wurst und Eier brachte und der sie geheiratet hätte, wenn Papa ...

Gott sei Dank, Papa war da!
Das Kind hatte wohl Heimweh bekommen, hieß es.

Zuhause musste Ina immer noch an Onkel Julius denken. Sie grübelte und grübelte, sollte sie Mama alles erzählen? Aber Onkel Julius war ja so ein lieber Mensch! Nein, Ina durfte Mama nicht enttäuschen.

Und Abend für Abend kam wieder die große Angst! Deshalb wollte Ina immer nicht ins Bett gehen. Sie erfand immer neue Ausreden, um nur noch etwas länger aufbleiben zu können. Mama wurde richtig ärgerlich. Aber irgendwann musste sie sich ja doch hinlegen und dann spürte sie wieder die harten Greifer, den heißen Atem und die Lippen auf ihrem Mund. Diese furchtbaren Lippen! Inas Herz begann zu pochen. Nein, es pochte nicht, es stampfte! Hörte das denn niemand? Mama, wo bist du? Da – die Wohnzimmertür wurde geöffnet und ein kleiner Lichtstrahl fiel durch die Glasscheibe der Schlafzimmertür. Mama wollte wohl etwas aus der Küche holen. Sie machte das Licht an, aber nur für einen Moment, dann wurde es wieder dunkel. Die Wohnzimmertür schloss sich. Dunkelheit – Stille – Angst! Das Herz begann wieder zu stampfen. Inas Arme wurden schwer wie Blei. Unbeweglich lag sie in ihrem Bett und die Angst kroch immer höher als wollte sie sie verschlingen.

Mühsam faltete Ina ihre Hände und sie betete. Sie sprach zu Gott. Sie redete und redete und redete. Sie wurde ruhiger und irgendwann schlief sie ein. Sie hatte zu Gott gesprochen und war innerlich ruhiger geworden. Von nun an, machte sie das jeden Abend so. Viele Jahre hat sie das gemacht.

Ina ist schon lange kein Kind mehr. Und die Erinnerung an das Erlebte von damals, erscheint ihr nur noch wie ein böser Traum. Irgendwann erfuhr sie von ihrer Mutter, dass Onkel Julius gestorben war. Sollte sie jetzt vielleicht erzählen, was damals geschehen war? Damals, in den großen Ferien in dem wunderschönen Dorf? Aber Onkel Julius war ja so ein guter Mensch gewesen, der Milch und Käse und Butter brachte und der Mama sogar geheiratet hätte, wenn Papa nicht …

Nein, ihrer Mutter hat sie es niemals erzählt.

MEHR VON INGE SANDER

**Selbst ein Weg von tausend Meilen
beginnt mit einem Schritt**
Als Au-pair-Mädchen in England
von 1958 bis 1960
ISBN: 978-3-7460-9850-0

1958 verlässt die 20-jährige Inge
ihr Elternhaus und geht als Au Pair
Mädchen nach England. Erstmals
auf sich selbst gestellt, wird sie mit
ihren inneren Ängsten konfrontiert.

Das Buch erzählt eindrücklich und launig von den Schwierig-
keiten, sich in einer fremden Welt zu behaupten und von den
Grenzen, die uns unser eigener Kopf vorgibt.

Nicht immer gelingt es der jungen Frau ihren Weg so zu gehen,
wie sie es sich gewünscht hätte. In den zwei Jahren ihres Aufent-
haltes hat sie viel gelernt – vor allem über sich selbst.